文春文庫

プルースト効果の実験と結果

佐々木 愛

文藝春秋

目次

プルースト効果の実験と結果

プルースト効果の実験と結果

プルースト効果、という言葉を教えてくれたのは、三年生になってはじめて同じクラスになった小川さんだった。小川さんという人物が少しずつつかめてきた気がしていた、四月の終わりのころだった。彼は、受験勉強をはじめる前に必ず「たけのこの里」というチョコレート菓子を食べるのだと言った。

「プルースト効果っていうのがあるんだ。味とか香りから、それに関連した思い出が浮かんでくるっていう現象のこと。プルーストっていう作家の有名な小説からきた言葉なんだけど。主人公がマドレーヌを紅茶に浸して食べたときに、昔の記憶がよみがえるっていうやつ」

わたしが「長田《おさだ》」なので、一学期のはじまりに、席がおのずと近くになった。最初は

「小川くん」と呼んだけれど、「小川くん」はどうやら「さん付け」で呼ばれるオーラを持っており、ほかの女子からの呼ばれ方は「小川さん」がスタンダードであるということが分かってきて、わたしも小川さんと呼ぶように変えた。

小川さんの特徴はといえば、歯並びがよいことと、めがねがよく似合うこと。部活動には、入っていなかった。入学したばかりのときには、吹奏楽部に入って、中学まで続けていたトランペットを吹こうとしたらしいが、全国大会常連校特有の「宗教的な感じ」についていけなくなって、一週間でやめたという。その後、弦楽器クラブにも入ってみたが、それも三週間で退部した。部員の数も練習量も吹奏楽部よりずっと少ないものの、「吹奏楽部に対してねじ曲がった対抗心を持っている感じ」がだめだったという。放課後、たまに聞こえてくる弦楽器クラブの出す音色は、きりきりと細くて、常にドップラー効果がかかっているようなずれ方をしているので、すぐやめたくなった気持ちは少し理解できた。

「長田さん。僕は入試本番直前に、たけのこの里を食べると決めているんだ。だから毎日、勉強の前にも食べる。その味や香りと関連づけて記憶の中に沈殿させた英単語とか中国の歴代王朝とかが、本番前にたけのこの里を食べることで、いざというときに、わ～っと浮かんでくると思うんだよ。まあ、本番を迎えるまで効果があるか分からないけど、ある種の長期的実験だね。受験の明暗をかけた実験」

受験勉強とプルースト効果の関連がいまいちよく分からなかったわたしに、小川さんは、そう真顔で説明した。学生服の一番上のボタンを指先でいじりながら話すのが彼の癖だ。その日もめがねが似合っていて、爪は短くきれいだった。学生服は、ほこりがひとつもついていなくて、クリーニングから戻ってきたばかりのように見えた。

そんなことで本当に効果があるのならだれだって百点満点だ、と笑ってしまいそうになった。けれど、吹奏楽部も弦楽器クラブも途中でやめた小川さんが、たけのこの里は続けているというのは、彼自身の中でなんらかの効果を感じているからなのかもしれなかった。それになにより、小川さんとのそのひとつの会話から、「どうして数ある食べ物の中からたけのこの里を選んだのだろう」、「男の子だけど甘いものは平気なんだろうか」、「余裕があるように見えても、本当はそうとう勉強に追い詰められているのかもしれない」、「プルーストなんていつ知ったんだろう。少なくとも学校で習った覚えはない」など、小川さんへの疑問や憶測があふれ出て、自分以外の存在へのそういった思いで満たされていく慣れない感じに、わたしはなんだか心地がよくなった。

「この計画を打ち明けたのは、実は長田さんがはじめて」

と言われたので、ますますうれしくなってしまって、

「じゃあわたしは、『きのこの山』でその計画に参加するよ」

と表明した。

きのこの山とは、もちろん、たけのこの里の姉妹品であるチョコレート菓子だ。

わたしたちのクラスでは、小川さんとわたしだけが東京都内の私立大学を第一志望にしていた。地元や近県の国公立大学への進学率の高さが売りの我が校では、新幹線か飛行機に乗って半日がかりでないと行けない東京の、それも私立を第一志望にする生徒は多くないのだった。

国公立志望の生徒たちが理数系の模擬試験を受けたりする時間は、図書室で自習をするように命じられた。小川さんとはじめてちゃんと話したのは、教室から図書室へ移動する廊下で二人になってしまったときだった。気まずく思っていると彼のほうから話しかけてくれ、有名私立の文学部が第一志望だと教えてくれた。うわさでは家は歯科医院のはずだったから、

「歯医者さん、継がないの」

と聞くと、

「うん。弟がやるって。あいつは理系だし」

とあっさり答えた。

小川さんは読書好きらしかった。例のプルースト効果について書かれた「失われた時を求めて」は、第一巻だけで読むのをやめてしまった（とてもとても長い話なのだという）から、まだまだ本物ではない、と本人は言ったが、志望校は「好きな作家の母校だから」という理由で決めたそうだ。専門も、その作家にしたいのだという。

わたしの第一志望は、小川さんの志望する大学より入試の難易度は低いが、一般的に名前は知られているところだ。志高い小川さんとは違って、わたしが都内の私大を目指すのは、消極的理由からだった。理数系がまったくできないため、全教科でそれなりの成績をおさめなければならない国公立を目指すことは難しく、かと言って、地元の私立には興味を持てる学部がなかったというだけなのだ。親からは、東京へ出るのならある程度は名前の知れた大学じゃないと学費は出さないとも言われている。小川さんはみずから生まれた町を出て行こうとしているけれど、わたしはただ、はみ出してしまうだけだ。

クラスで仲のいいマキもタマオもカナも、地元の国立大の、教育学部を目指していた。マキとカナは「観光に行くときは泊めてよね」と言って、タマオは「あんなところに住むなんて想像できないな」と言った。わたしは消去法でここにいられなくなるだけなのに、どんどん三人から遠い人になっていくように思えた。そういうとき、東京はここよりも絶対によいところだと疑っていない小川さんは、とても頼もしい味方に見えた。

図書室には司書教諭のマサコさんが常にいるから、自習中に監視の先生は付かない。ほかのクラスの私大志望者もいるが、いくつか並ぶ大机に自由に散らばって座るので交流は生まれず、ここは本当に学校なのだろうかと思うほど静かだった。

小川さんは、わたしの斜め前の席に座ることが多かった。向かい合う形になるので、どうしても視界に入る。もっと離れてくれてもいいのに、と思ったが、言わなかった。

彼は勉強をはじめる前に必ず、こそこそなにかを食べた。さらに、ノートに潜り込むようにしてシャープペンシルを動かし続けているときもあれば、なんの前ぶれもなくその手を止め、窓の外のほうを見ながら、ものすごく浅い呼吸をしているようなときもあった。おそらくただぼんやりしているだけなのだが、その呼吸が続くと、息の吸い方を忘れる寸前なのではないか、と心配になってきて、様子をうかがってしまう。小川さんは視線に気づくと、なにかをごまかすようにわたしにひとこと言う。

「おなかすいたな」とか、「今日は水曜日だっけ」といった差しさわりないことが多かった。が、あるとき、

「ミシシッピって、字が下手だとミミミッピになるよね」

と言った。世界史の問題を解いていたようだった。ミシシッピを、一文字ずつゆっくり発音した。それは、わたしが中学生のころから思っていたけれど、なんとなくだれにも言わないでいたことだった。

「分かる分かる。メソポタミアも、メソポタシアになるね。メンポタシアになるときもあるよね」

思わず、図書室にはそぐわない大きさの声が出た。だれかが振り返る気配がした。小川さんはいつもより気持ちばかり目を見開いて、わたしのノートを手繰り寄せると、ページの隅に小さくミミミッピ、メンポタシア、と縦書きした。

「本当だ」と何度か頷いてから、少し笑った。わたしも小川さんのノートにミミミッピ、メンポタシア、と書いた。二人とも、それを消さなかった。

プルースト効果のことを話してくれたのは、それから少し経ってからで、やはり浅い呼吸から戻ってきた彼と、目が合ったタイミングだった。小川さんはその言葉を、三年生になる直前の春休みに知ったという。それからは、毎日せっせとたけのこの里を食べている。普段は歯のことを思って、甘いお菓子を食べることによい顔をしない両親も、プルースト効果の実験には一応の理解は示してくれており、たけのこの里代は毎月のお小遣いとはまた別に与えてくれるという話だった。

「でも一回につき一箱は太るみたい。体重はこの間の健康診断ではそんなに増えてなかったんだけど。最近いつも顔がむくんでいるような気がするんだよね。だから一箱を三等分して、三回で食べるようにしてる。長田さんもそうしたほうがいいよ」

と、アドバイスをくれた。確かに小川さんの魅力のひとつである尖ったあごは、少々丸みを帯びてきた気がしていた。

わたしにとってのプルースト効果の実験初日、小川さんは張り切っていた。高校から歩いて三分ほどの小川さん御用達スーパーまで案内してくれることになり、わたしの五歩ほど先をずんずん歩いていく。

「この時間は、夕食の食材を吟味するご婦人だらけだよ」

学校の敷地の外の小川さんを、はじめて見た。四月の終わりの、まだ明るい夕方の町へ出て行く彼は、全身の輪郭がだんだんとはっきりしていった。制服のズボンとスニーカー用ソックスの間からは、歩くリズムに合わせて、意外と丈夫で硬そうなくるぶしが見えた。

薄い緑色の外壁をした、一階建ての平べったいスーパーマーケットは、野菜が新鮮であることと、卵が安いことが売りなのだという。

「たけのこの里ときのこの山は、ほぼ100％隣に並んでいる」

小川さんは自信たっぷりに言いながら、よそ見もせず、チョコレート売り場まで誘導した。「ご婦人」だらけの中を、だれにもぶつからず素早く移動していく小川さんの姿は異質で、お客さんというよりもベテラン店員のように見えた。

新商品に追いやられてだいぶ目立たないスペースにではあったが、それはちゃんとあった。

「はじめてだから、おごってあげよう」

小川さんが、きのことたけのこを一箱ずつ手に取って言ってくれたので、ありがたくそうしてもらうことにした。

図書室は飲食禁止だけれど、司書教諭のマサコさんは、あまり見回りをすることはないし、小川さんは人目につかない席を熟知していた。自習時間に使う大机のスペースよりさらに奥、世界文学の棚の陰になった場所に、隣同士の席を確保すると、なるべく音をたてないようにパッケージを開いた。手慣れたものだった。小川さんはわたしのきのこの山も開けてくれた。薄いボール紙が破れるプププという音が、たけのこの里のときよりは少し大きく鳴った。

「目分量で三分の一を一気に食べて。食べ終わったらすぐ勉強に移ること。〝すぐ〟移ることが、大切だと僕は思ってる」

わたしは言われたとおりの分量のきのこの山を、緊張しながら口に運んだ。音をなるべくたてないように、前歯は使わずに奥歯と舌で静かにつぶし、唾液で溶かして飲み込んだ。そして〝すぐ〟に参考書とノートを開く。隣の様子を見てみると、たけのこの里、三分の一で頰を膨らませた小川さんがこちらを見て「どう、効きそうでしょ」という目くばせをしてきたので、頷いてみせた。それからはおのおの勉強に集中した。図書室が閉まる時間になるまで、口を利かなかった。

チョコレートの甘さはずっと口の中に残っていたし、ビスケットのかけらはまだ奥歯にあった。隣にいる小川さんの口の中も、同じ甘さをしているのだろうかとたまに考えた。自然な流れで、一緒に帰った。駅までの道のりで、オレンジ色の街灯に照らされた小川さんが急に、ものすごく大事なことを言い忘れていたという表情になって振り返ったので、驚いた。

「長田さん、受験本番が終わるまで、きのこの山は勉強のときしか食べちゃだめだよ。きのこの山イコール勉強、となるのが重要なことだから」

「うん、分かった。守るね」

わたしたちはこの日から、ただの「東京の私大志望仲間」から「プルースト効果の実験仲間」となって、放課後も図書室でともに勉強をするようになった。

夏休みに入っても、実験は続いた。私大志望者向けの夏期補習は午後三時には終わるので、それ以降は二人、図書室に並んで座った。司書教諭のマサコさんは、わたしたちが飲食禁止の決まりを破っていることに、夏休みの中盤ぐらいにやっと気がついた。

「お菓子はダメよ」

こっそりと背後に寄ってきて注意をした。マサコさんは、体が横に大きいけれど声はとても小さい。まさに図書館司書にぴったりの声量だった。

小川さんは「はい、すみません」と謝罪してからすっと立ち上がり、全部で七歩ほど移動しただけで「失われた時を求めて」を書棚から取り出し、マサコさんに例のページを見せた。

「これ、やってみているんです。受験生なもので」

マサコさんはまだ不思議そうな顔をしていたので、わたしが補足説明をした。小川さんがわたしに教えてくれたときのように。

マサコさんはちょっとだけほほ笑んだように見えたけれど、すぐにいつもの表情に戻って「そういうこと……」と、言った。その表情の移り変わりや声の感じで、マサコさんだって最初からこのマサコさんだったわけではない、マサコさんも受験生だったころがあるのだ、と当たり前のことに気づいた。遠い遠い昔、四十年以上は前のことかもしれないが、この気持ちはきっと分かるのだ。

「わたし以外のだれにも見つからないように続けてね」

小さい声で言ってくれた。小川さんはたけのこの里を、わたしはきのこの山を、一粒ずつマサコさんにあげた。マサコさんはその場では食べず、ポケットから取り出したティッシュペーパーに包むと、湿り気がありそうな両の手のひらの上に壊れ物を扱うように載せて、見回りに戻っていった。

「あれじゃあ溶けちゃうんじゃないかな」

わたしが言うと、

「たけのこの里ときのこの山が一緒に溶けてひとつのチョコレートになったら、もっとおいしくなると思うよ」

と小川さんは言った。

夏の間、一緒に過ごさなかったのは、お盆の閉校期間を除けば二日間だけだった。その日、小川さんは第一志望の大学のオープンキャンパスに泊りがけで行ったのだった。

小川家は、夏休みには海外に行くのが恒例なのだが、この夏は小川さんが受験生なので、オープンキャンパスに合わせた東京旅行になったらしい。

「東京って、もうテーマパークだね」

小川さんはその感想と一緒に、「おみやげ」と言ってラベルをはいだジャムの瓶をくれた。透明で小さなガラスの瓶の中は、からっぽであるように見えた。

「これ、なに」

ふたをひねろうとすると、小川さんがわたしの手の甲に触れて止めた。

「その中に、東京の空気を入れてきたから」

最初は意味が分からなかった。

「……甲子園の土みたいなこと？」

「似てるけど違うな。ピーマンの中身の空気だけ集めて、瓶に詰めて売っている人がいるんだ。そういうアート作品なんだって。すてきでしょ。どちらかといえば、そっちをまねしてみました。東京の空気の味って、ここと全然違うんだ。麻薬みたいなんだよ、麻薬吸ったことないけど。だからこの空気は、いざというときに食べて」

小川さんは少し得意気に言った。麻薬みたいなものを食べるべき「いざというとき」とは、どんなときなのか、想像したけれどうまくいかなかった。

「東京のどこの空気？」

と聞くと、しぶってなかなか教えてくれなかったが、やがて、

「もちろん、長田さんの志望校の正門前だよ」

と照れくさそうに言った。

「だから、お守りにもなると思うよ」

だれかが小川さんのこういうところを笑うだろうということは分かる。でも、わたしは笑えなかった。どちらかと言えば、泣きそうになるのだ。

東京の空気が詰まった瓶ごしに、図書室の蛍光灯や書棚を見てから、小川さんの顔を見てみた。視力が落ちたみたいにぼやけて見えた。母にごみと間違えて捨ててしまわれないように、わたしはそれをかばんの一番奥に隠すように仕舞い込んだ。

＊

「はじめてのキスは想像もつかないところでしょう」

そう言い出したのも、小川さんだった。プルーストの話と同じくらい唐突だった。受験生には無関係のはずの、ちまたのクリスマスの雰囲気に、影響を受けたのかもしれなかった。

わたしたちは帰りの電車で座っていた。どこで買ったのだろう、鮮やかすぎる紫色のマフラーにあごをうずめる小川さんを、じっと見た。果たして、二人はいつからそういった間柄になったのだろうかと冷静に思い返した。放課後を一緒に過ごすことは当たり前になっていたけれど、「好きです」と言われていないし、言っていない。もしもなにかあるとしても、受験が終わってからだろうと思っていた。けれど小川さんは、ためらうことなく「キス」と言った。世間話のついでという感じだった。

受験勉強は最後の追い込みに入る時期で、もう薄く雪が積もっていた。外には真っ白になった田んぼが広がっているだけで、すいているこの車両の向かい側の窓は、鏡のようになって小川さんとわたしを映していた。

わたしが小川さんのことを好きになっているのは確かだった。きっと、プルースト効果を教えてくれたときにはもう好きだった。

わたしはクラスを見渡しても美人なほうには絶対に入らない。個性や特技があるわけでもない。でも、小川さんにはわたしだろう、という自信のようなものが、いつからかあった。小川さんだって、いわゆるもてるタイプではない。清潔感はあるけれど、ちょっと浮いているところがあるし、クラスの中でも、弦楽器クラブの元部長を中心とした不思議系男子が集まるグループに属していた。ある女子に「しゃべり方が気持ち悪い」

と陰で言われている場面だって見たことがあった。マキもタマオもカナも、「付き合ってるの」「好きなの」とたまに聞いてくるけれど、「そういうわけじゃない」とごまかすと、それ以上は探らなかった。あまり女子に興味を持たれるタイプではないのだ。

でも、たけのこの里ときのこの山がスーパーで必ず隣に並んでいるように、小川と長田はペアなのだ、と思いはじめていた。それは「好きだから」で持ってしまう過信などではなく、わたしにとっては手に取って触れるくらい、形がある確信だった。自分と小川さんの魅力に自信はなくても、「ペアである」ということにかんしてはあった。

だれかに優しく背中を押され続けているような強い自信を、わたしは生まれてはじめて持てた。自分のことを好きだとか嫌いだとかは関係なく、ペアはペアであり、だれにも壊せない。この自信の根拠を述べよと言われたら、難しい。ミッキーマウスとミニーマウスが永遠のペアであることに、根拠がないのと同じだ。

小川さんの「はじめてのキスは想像もつかないところでしよう」という言葉を、小川さんも同じような確信を持ってくれていたのだ、と受け止めることにした。彼のそういう突拍子もない言葉を包み込むことも、ペアである資格の大切なひとつなのだ。

窓に映る小川さんの紫色のマフラーを見ながら「いいよ」と言った。

小川さんも窓の中のわたしを見て、

「プルースト効果のことを打ち明けた時もそうだったけど、長田さんって、何段階も飛び越えた返事をするよね」

と感心したように言った。そのときときっと、わたしたちは恋人同士になった。

小川さんは「じゃあ明日、東京の地図、持ってくるから」と続けた。

小川さんにとって「想像もつかないところ」といえば東京だったらしい。

次の日、図書室の机について、たけのこの里およびきのこの山を食べたあとで、小川さんはおもむろに一枚の東京の地図を広げた。見開きにした新聞より大きいくらいのもので、図書室の机の上で見るとますます巨大に感じた。

「中学の修学旅行が東京だったんだけど、そのときの班行動の計画を立てるときに先生から渡されたやつ」だそうだ。

主要な観光地名が印刷されているほかに、こまごまとした建物名やスポット名が、黒マジックで書き込まれている。

「事前学習の一環で、班で興味のある場所をこの地図に書き込むっていうのをやったんだ。僕が書いたのはこれと、これと……」

いくつかの見慣れた筆跡を指さしてから、

「だからさ、したいところに丸をつけていこう」

と続けた。受験勉強はわたしたちをおかしくするんだ、と思いながら、この作業は小川さんとわたしのペアにしかできないすばらしいことなのかもしれないとも思った。

小川さんは青いペンで、まず「花園神社」に丸をつけた。

「ここは、中学のときも僕が一番に書き込んだ場所。小さいころ、そこのお祭りでヘビを食べる女の人を見たんだ。バリバリ音を立てて食べる。あのヘビ女の目を盗んでしたらきっといい」

「じゃあ……」

わたしは悩んでから、ピンク色のペンで「上野動物園」に丸をした。

「でもパンダはダメ。シロクマたちの前がいい」

シロクマは年に一回しか交尾をしないというエピソードを小川さんに話した。小川さんがむりやりわたしに貸した小説に書いてあったことだ。

「そうか、シロクマたちなら、どんなふうにして見せても平常心でいてくれるだろうね」

と賛成してくれた。

そのあとは止まらなかった。

東京タワー、世田谷区役所、六本木の映画館、自由が丘スイーツフォレスト、靖国神社、エジプト大使館前、雷門、小川さんの志望校、乃木神社、フリーメイソン日本支部、新宿高島屋、新馬場駅、国会議事堂前、渋谷のＮＨＫ放送センター、田園調布の高級住宅街、青山葬儀所、新宿駅東口、読売新聞社前、井の頭公園、銀座和光、神保町の古本屋街、東京ビッグサイト……。

どんどん丸をつけていって、それぞれ、どんな状況でするのかを話し合った。いつの間にか図書室の気配は二人の周りから消えていた。行ったこともない場所の景色がちゃんと見えて、音も聞こえた。自分のものじゃないみたいに声帯が動いて、わたしたちにふさわしいキスについてどんどん話せた。体を図書室に置いたままで、二人は東京にいたのだと思う。マサコさんが注意しに来なかったのも、そうだとすれば納得がいく。

気づけば、わたしたちの東京は青とピンクの丸だらけになっていて、時計の針はきっかり一時間ぶん進んでいた。我に返ってお互いを見合うと、小川さんの頬は赤くて、わたしも顔がほてっていた。

小川さんのおなかがタイミングよく鳴った。暖房機の音と、遠くの席でだれかがページをめくる音くらいしかしない部屋で、それはよく聞こえた。椅子を少し引いて、座ったまま小川さんのおなかに耳を寄せてみると、もう一度小さく鳴った。小川さんの学生服からは歯科医院の待合室のような匂いがしていた。わたしはそれを吸い込みながら、

「わたしもおなか、すいたかも」

と、つぶやいた。新幹線で言えば四時間分の距離を行って帰ってきたのだから当然だった。小川さんは、

「長田さんのきのこの山、食べてみていい？　たけのこの里、あげるから」

と言った。今まで交換したことは一度もなかった。なんとなく、プルースト効果には悪影響を与えるような気がしていたからだ。

でも一回くらい、それも今なら絶対に大丈夫だという気がして、わたしは耳を彼のおなかから離した。かばんからきのこの山を取り出して、小川さんに渡した。小川さんもたけのこの里を、わたしの口の中に一粒入れてくれた。

「たけのこの里のほうが、おいしい」

と言うと、小川さんも、

「僕もそう思った。そういえば、あそこのスーパーでも、いつも売り切れるのはたけのこの里のほうが早いもんな」

と笑って、たけのこの里をもう一粒、わたしの口に運んでくれた。

その一粒が溶けきる寸前だった。歯科医院の待合室の気配が、風が吹いたように濃くなって、小川さんがわたしにキスをしていた。

小川さんの口の中には、毎日わたしが食べているものがあって、わたしの口の中には毎日小川さんが食べているものがあった。最初は小川さんが舌で混ぜて、わたしもだんだん一緒に混ぜ合わせていった。

「きっと汚いことをしている」と思ったけれど、その味は想像していたよりもずっとおいしくて、そのまま目をつむった。この甘さで小川さんにはじめての虫歯ができますように。マサコさんが来ませんように。頭の隅で願った。

チョコレートの部分が溶けきってから、小川さんがくちびるを離して、

「僕はこれからきのこの山を食べる度に、このことを思い出すね」

と言った。わたしも、たけのこの里を食べる度にこのことを思い出すのだ。

丸だらけの東京の地図はいつのまにか机の下に落ちていて、暖房の風でかさかさと揺れていた。小川さんがそれを拾った。

「ごめん、せっかく時間かけて計画を立てたのに」

持ってきたときよりも小さく折りたたんだ。いつもは堂々とロマンチストぶる小川さんなのに、この展開には少し照れているみたいだった。

「謝ることなんかないよ。大学に受かって東京で暮らしはじめたら、この全部でしていこうよ」

と、励ますように小川さんの背中に触れた。

＊

雪はチョコレートよりずっと時間をかけて溶けた。

小川さんは第一志望に受かって、わたしは落ちた。小川さんは予定どおり、本番でプルースト効果を発揮できたそうだ。

「世界史でどうしても思い出せない人物名があったんだけど、たけのこの里の味を一生懸命思い起こして粘っていたら、終了の三十秒前くらいに、ぽろっと思い出せたんだ」

「わたしも同じようにしたんだけど」

とこぼすと、ちょっと困ってから、

「食べはじめたのが僕より遅かったからかな」

と、なぐさめてくれた。

「それは違うかな。緊張で全然だめだった」

試験会場は都心のキャンパスだった。わたしにとっては中学の修学旅行以来の東京だった。そこは、小川さんと広げた地図で行った気になっていた東京とは、丸っきり別の街だったのだ。小川さんが麻薬だと言った東京の空気は、わたしにはただ吐しゃ物の臭いがするだけだった。あの瓶はまだ開けずに取ってあった。東京へ行く前に開けて食べて、心の準備をしておくべきだったのだ。

卒業式が終わりマキとタマオとカナと写真を撮ったあとで、小川さんと図書室に向かった。マサコさんは式に出席していなかったようで、普段どおりの服装のまま、いつもと同じ貸出カウンターの中で本を読んでいた。

教室のざわめきも届いてこなかった。そこだけ季節がめぐっていないように思えた。

わたしたちは感謝の気持ちを込めて、たけのこの里ときのこの山を、マサコさんに五箱ずつ贈った。マサコさんは「来てくれる気がした」とほほ笑んで、真っ赤な紙で包んだなにかを、一つずつくれた。

「二人がわたしをとても年上だと感じているように、先のことは遠くに見えるだろうけれど、わたしが二人のことを、まるで自分を見ているみたいに親しく感じるように、過ぎたことは、いつでもすぐ近くに感じるのよ。これからは過去がどんどん増えていくから、近くにあるものが増えていくのよ」

と言いながら。

いつもと同じ小さい声だった。でも、マサコさんがわたしたちの前で話したことの中で最も長いセンテンスだった。マサコさんが伝えたかったことを、おそらく理解しきれていないのだろうと思うことは、歯がゆいことだった。せめて忘れないようにしようと、その言葉を頭の中で繰り返しながら家に帰り、ノートを引っ張り出して、ミミミッピ、メンポタシア、のページに覚えているだけ書き残した。

包まれていたのは「失われた時を求めて」の第一巻だった。小川さんのは、二巻だったらしい。

わたしは地元の予備校に通わせてもらえることになった。今回受けた大学よりもランクのひとつ高い東京の私大を目指して、浪人生活がはじまる。地元の大学を落ちてしまったタマオも一緒の予備校だった。

小川さんと離れることには、不安はそれほどなかった。ペアには距離は関係ない。たけのこの里ときのこの山が離れた場所に陳列されていても、その二つはセットだとだれもが分かる。

小川さんが乗る東京行きの新幹線は朝一番の便だった。ホームの柱の陰には、冷たい風が吹いていた。はじめてしたときのように、わたしはたけのこの里を、小川さんはきのこの山を食べてからキスをした。それから、あの瓶を開けて、中の空気をしゅっと口に入れて、もう一度わたしからキスをした。

「味、した?」と聞くと、

「した。酸っぱいような」と小川さんは言った。

「小川さんが、この味の東京の空気を食べるたび、わたしのことを思い出しますように」

と言ってみた。小川さんは、

「長田さん、長田さんはなんてロマンチストなんだ」

と、感激したような声を出して、大きなバッグを足元に置き、両手で握手を求めてきた。かさかさした硬い手だった。毎日隣にいたのに、どうしてこの手をもっと触らなかったのだろう。

青とピンクの丸でいっぱいの東京の地図は、わたしが預かることになった。

「来年受かったら絶対、それ持ってきてよ」

新幹線の窓ごしに見える小川さんは、夏の図書室で瓶ごしに見たときと同じくらい、遠くに見えた。

＊

新生活がはじまると、拍子抜けするほど早く、小川さんにふられることになった。

天気予報によれば東京は梅雨入りし、雨が降っているらしい日だった。小川さんは電話で「好きな人ができた」と言った。二つ年上の先輩だという。

こんなことあるはずがなかった。小川さんは、麻薬みたいな東京の空気でおかしくなってしまったのかもしれない。小川さんにはわたしなのに、それだけは自信と確信があるのに、ちゃんと分かっているのに。小川さんのプルースト効果理論をともに実験したのはわたしだけなのに。ほかの人はだれも知らない時間や決まりや会話やプレゼントや笑いや歩く速さやペンを走らせる音や口の中のたけのこの里ときのこの山が溶け合った味や。そういうものが、新しいものにこんなに早く簡単に追い抜かされるはずがないのに。

知りたくなかったのに聞き出してしまったその人の名前は、きれいな花の名だった。わたしはその花を死ぬまで買わない。

「その人には、わたしたちがやってきた実験のこと言ってるの？」

「言ったよ。鼻で笑われて、プルースト効果にもなんの興味も持ってくれなかった」

小川さんはなぜか、いとおしそうに言った。

「そういう人でいいの？　一緒にいて楽しいの？　そういう人は、東京の空気入りの瓶をもらっても、きっと喜ばないんだよ」

「うん、そうだね。瓶の話もしたけど、大笑いしてたよ。おなかを抱えて。そんなもの、自分がもらったらすぐ不燃ごみ行きだわ、鳥肌が立つわって言ってたよ。サークルのほかの先輩にも言いふらされたよ。僕の今のあだ名は、瓶だよ」

うれしそうにさえ聞こえた。

「わたしのこと、話したの」

「うん。とってもいい子だねって言ってた」

ばかにされた気がした。こんなばかが、東京の大学に落ちて当然なのだ。なにも言えないでいると小川さんは、

「その人がほかの男の人を好きになるのは耐えられないんだ。長田さんのこともとても好きだったけど、長田さんにはそういう人ができても、大丈夫だと思ってしまうんだ」

と言った。小川さんの声の向こうから雨の音は聞こえなかった。強い風が吹いているような音がして、その奥でさわがしいだけの流行《はや》りの曲が流れていた。

「その人と、もうキスした？　花園神社で？　シロクマの前で？」

「したよ。でも、先輩の家で。先輩もひとり暮らしなんだ。横浜線の橋本っていう駅から歩いて三分」

「わたしとの約束は。丸をつけた地図は、どうするの」

小川さんは沈黙してから言った。

「そういうの、もうどうでもいいと思える相手なんだ」

小川さんとのペアであるわたしではなくなって、突然、ただの自分に戻ってしまった。

生まれてはじめて持てた自信と確信が間違いだったとは、まだまだ思えそうもなくて、電話を切ってすぐ、横浜線橋本駅をあの東京の地図から探した。そこは大きな地図の端すれすれに、ようやくおさまっていた。神奈川県だった。だれの書き込みも、丸印もない。

東京でさえないのか。一気に耐えられなくなって泣いた。

マサコさんにだけは、ふられましたと手紙を書いた。お返事として、四日後に「失われた時を求めて」の第二巻が送られてきた。励ましの言葉が書かれた手紙がどこかのページに挟まっていないか、封筒に残っていないか、探したけれどどこにもなかった。

わたしは予備校でもきのこの山を食べ続けていたが、あの電話の日からはやめた。わたしにとってきのこの山は、小川さんがそばにいた時間を思い出すスイッチになっていたからだ。入試本番では、プルースト効果を発揮できなかったくせに。

「東京の空気を食べるたび、わたしのことを思い出しますように」

あの味も言葉も、小川さんは忘れているだろうけれど、わたしは覚えている。もしも志望校に受かったら、東京の空気を毎日吸うことになって、小川さんのことを毎日思い出すんだろう。

暑くなりはじめたころ、わたしを好きだという男の人が現れた。予備校で同じ授業を受けている人だった。タマオと彼が話しているのは見たことがあったが、わたしはあいさつぐらいしか交わしたことがなく、近くに座ったことが数回あった程度のはずだった。帰り際にわたしを呼び出すと、はっきりと目を見て「四月から気になっていた。付き合ってください」と言った。彼もめがねが似合っていたけれど、小川さんのそれとは違った。ちょっと気取ったおしゃれめがねだった。

「どうしてわたしなんですか」と聞いたら、

「いろいろあるけど、最初にいいと思ったのは、ノートに書く字がすごくきれいなところ」

と言った。彼は、わたしがミシシッピと書きたいときにミミミッピになってしまうことをまだ知らない。それなのに、わたしのことを好きだと、こんなに堂々と言っている。

次の日の休憩中にタマオに話すと、タマオは「よかったね。高校でよく一緒にいた小川だっけ？　あの人よりずっといいよ」とガムを口に入れながら言った。

五日間、返事を待ってもらってから、「わたしでよければ」と告げた。もっと気の利く子や元気でかわいい子、彼に合う女の子はいくらでもほかにいそうなのに、どうしてわたしなのか本当のところを知りたかった。

彼は、いじわるなところがひとつもない、いい人だった。男友だちもたくさんいて、女子からの評判もよかった。付き合っていることを、タマオ以外の子からも「うらやましい」と言われたりした。ただ、わたしが毎日勉強の前にきのこの山を食べていたことを話したとき、彼は鼻で笑った。

「そんなので暗記ができるようになるなら、だれだって百点満点だよ」

「そっか、だれだって百点満点だね」

わたしも彼の笑い方のまねをしてみたら、ちゃんと笑えた。

彼とはいろんなことがすいすいと進んだ。小川さんが一度も来ることはなかったわたしの家で、何度も二人で勉強をしたし、そのときいた母にも礼儀正しいあいさつをしてくれた。

キスをする場所は特別じゃなかった。予備校の外階段や駅やお互いの部屋だった。最初はタマオがくれたミントのガムの味で、その後はポカリスエット、たっぷりのミルク入りのコーヒー、冷やし中華、リップクリーム、予備校の水道の水——。いつも違う味だった。

彼とくちびるが触れている間だけ、わたしは小川さんを思うことを自分に許した。そう決めないと、際限がないからだ。

ここぞとばかりに、一生けんめい思い描いた。行ったこともない花園神社で、ヘビを食べるという女の人に見つからないように小川さんとキスすることを。上野動物園でシロクマたちに見守られながら小川さんとキスすることを。ヘビ女は黒く縁取った目をぎょろぎょろさせてわたしたちを視界の隅に発見したけれど、結局は見て見ぬふりをしてくれて、シロクマたちは無視するでもなく邪魔するでもなく、そっと穏やかな目を向けてくれた。

マサコさんの言ったとおりだった。彼との今や先のことより、小川さんとの過去のほうが、ずっとわたしに近くて優しい。

また夏が来た。一年ごとに夏は新しくなくなる。去年の夏や、おととしの夏や、そのまた前の夏、これまで過ぎてきた夏を思い出すための夏になっていく気がした。暑さだけが上塗りされるように増していく。

「さっき、夕立に遭って。遅くなってごめん」

彼がわたしの家へ来たとき、外はもう晴れ上がっていた。手には、たけのこの里が入ったビニール袋がぶら下がっていた。

「これ、どうしたの」

部屋の扉を閉めてから聞くと、

「雨やどりで、スーパーに寄ったんだ。きみが前、毎日きのこの山を食べてたって言ってたから、ちょっと気になって」

と顔の汗をぬぐいながら言った。たけのこの里のほかに、パックのトマトジュースも二つ入っていた。

「お菓子を食べるときはトマトジュースも一緒に飲むっていうのが、我が家の掟なんだ。栄養バランスにうるさいんだ、祖母が。チョコとトマトジュースは、味も思いのほか合うんだよ。あ、俺はきのこよりたけのこ派だから、たけのこにした」

部屋の壁には、レースカーテン越しの西日でできた、濃いオレンジ色の四角が浮かんでいた。問題集や筆記用具を広げたあとで、彼は、小川さんより明らかに慣れていない手付きでたけのこの里を開けた。わたしは扇風機のスイッチを入れながら、

「こんなに暑いのにチョコレートとトマトジュースなんて……」

と言ってみたけれど、お構いなしだった。彼は、

「よかった、あまり溶けてない」

とつぶやいてから、食べはじめた。一粒つまんで、わたしの口にも運ぼうとする。わたしがたけのこのほうを食べたのは、図書室でしたはじめてのキスのときと、新幹線の前でのキスのときだけだ。思い出してしまう。暖房機の音、歯科医院の待合室の匂い、落ちる地図、青とピンクのインク、朝の風、新幹線の扉の閉まりかたも。

すでに柔らかくなっていたチョコレートは口に入ると簡単に溶けて、あの甘さが広がる。やっぱり、小川さんが現れた。でも違った。わたしといた小川さんではなくて、見たことのない小川さんだった。

小川さんは、わたしを「とってもいい子だね」と言った先輩と、橋本駅徒歩三分のアパートでキスより先のことをしていた。あの地図を広げて図書室から東京に飛んだときと同じように、わたしはその先輩のアパートにいて、目の前で二人が動くのを見ていた。

そこは、わたしの部屋よりもさらにずっと暑かった。今まで過ごしてきた十八回分の夏の暑さすべてがその部屋に押し込まれているみたいだった。息を吸うほうが苦しいくらいに蒸していて、視界が揺れるほどなのに、小川さんと彼女は汗をかかずに動き続ける。小川さんの舌が、わたしの口の中のチョコレートを溶かした温かい舌が、何度も見えた。プルースト効果を鼻で笑った先輩に、頭をなでてほめてもらったり、叱られたりしながら、小川さんは大人になっている。わたしにはしようとも思わなかったことを、この先輩にはしたくてしたくてたまらないのだ。

目を開いても閉じても、小川さんと彼女は消えなくて、熱に押しつぶされそうになる。口の中の味を流しきりたくて、手元のトマトジュースにストローを差して思いっきり吸った。パックは音を立ててへこんだ。甘くてしょっぱくて酸っぱい。ふやけたビスケットの部分がトマトの種のような食感になっていく。小川さんと彼女の姿に、もやがかかっていく。

突然だった。わたしは今、本当の目の前にいる、わたしを好きだと言ってくれているこの彼と、小川さんと彼女がしていることをしたいと思った。嫉妬ではなく、自暴自棄とも違って、ただしたい、しなければいけないと思った。

もう一粒入れてから、彼に近づいた。小川さんとのときと、同じような味がする。でも、舌の温度や柔らかさは似ていなかった。

この人は小川さんじゃない、小川さんじゃない。

暑さがゆっくりほどけていく。首を振る扇風機の風が、姿勢を変えないわたしと彼に近づいたり離れたりを繰り返して、少しずつ、わたしを橋本駅徒歩三分のアパートから自分の部屋へ連れ戻していく。

彼の前髪が濡れている。雨が乾いていく匂いと、制汗剤の匂いが混じる。わたしはこれから彼に、小川さんには見せなかったところを見せて、小川さんには触られなかったところを触られる。

「小川さん、わたしは想像がつきすぎる場所ではじめてのことをしている」

そう思いながら、やっと気づいた。

たけのこの里ときのこの山がペアであることは間違いではなかったとしても、たけのこの里と同じ数だけ、きのこの山があるわけではなかったのだ。ペアになるべき運命としてこの世界に生み出されても、どうしようもなく、あぶれていくことがあるのだ、たぶん。

チョコレート売り場にひとつだけ取り残された、きのこの山を思ってみる。やっぱり寂しそうに見える。でもそばに寄って耳を傾けると、「あぶれることは、ごく当たり前のことなのよ」と淡々と言う。「悲しむようなことでもないの」「あぶれものじゃない人なんていないの」

その声はいつの間にか、マサコさんの声になっている。

「大丈夫。スーパーマーケットは広いし、トマトジュースだって、なんだって揃っているのよ」

その声を信じたくて頷く。

でも、過去は未来より近すぎるから、わたしはまだ小川さんのことを思い出すと思う。もしも小川さんとだったらどうだっただろうと、はじめてのことをするたび、何度も何度も。

だからわたしはもっと、食べたことのないおいしいものを知りたい。その味で思い出す人やものごとが、たくさんほしい。東京にもしも行けたら、たくさんの人を知りたい。東京の空気を食べても、小川さんだけを思い出さないように。

マサコさん、わたしは、上手に過去を増やして、それを飼いならす大人になりたい。

彼の腕の力が強くなる。もう花園神社も上野動物園も思い出さないで応える。終わったらあの東京の地図は捨てようと思った。

春は未完

『きょうは、微笑ましいニュースからです。発情の兆候がみられ、公開中止になっていたパンダのつがいが、ついに……』

パステル色の、体にぴたりと吸い付くニットを着た若い女性アナウンサーが澄んだ声で伝えた。二頭はそろそろと近付きあう。無言で、もしくは二頭だけに伝わる言葉で、何かを確認しあう。どちらも申し訳なさげな顔をしている。オスがそっと後ろに回り込み、メスが恥じらいをみせると——。

東京の上野動物園のパンダが三年ぶりの交尾をした。そのニュース映像が東京より春が少しだけ遅れてやってくるこの街でも繰り返し放送されたころ、赤坂《あかさか》さんとわたしは高校二年生になり、その少しあとで「シティガールズ」を結成した。

一年生のときに隣のクラスだった赤坂さんの存在を、わたしは知っていた。二クラスずつ合同で行われる体育の授業が一緒だったのと、放課後の部室棟で彼女をよく見かけていたからだ。

赤坂さんはいつも、女子更衣室の隅で着替えた。髪の毛はふわりと柔らかそうな肩までのボブ、お化粧はしていない様子なのに整った顔。全体的には垢抜けた雰囲気なのだが、ほとんどの女子が制服のスカートを膝上の丈にしている中で、彼女だけは購入したときのままと思われる膝下丈だった。大胆に下着姿になっていく女子たちの陰になり、長めのスカートの中で、もぞもぞと学校指定のハーフパンツをはこうとする姿は印象に残っていた。体育の授業中、彼女は華やかだけれど問題は起こしそうにない雰囲気の子たちとグループを組んで楽しそうにしているのだが、部室棟で見るときにはそういうときのスイッチを落としたような顔をしていて、いつも一人だった。

赤坂さんがいるのは、写真部の二つ隣、文芸部の部室だ。校舎一階の北の端にある文化部の部室棟は、壁の色がほかの棟とは違ったクリーム色で、日当たりの関係上たいてい薄暗く、空気も冷えている。活気のない棟で唯一、ひんぱんに明かりが漏れている部室があって、それが文芸部だった。入り口の引き戸には正方形の小窓があって、そこから中の様子をうかがうと、赤坂さんはそこでいつも熱心に何かを読むか書くかしていた。

わたしは携帯電話で空の写真を撮るのが好きだから、という軽い気持ちで入っただけの不熱心な写真部員だったが、放課後に部室にいることは多かった。部員が四人だけで、週一度の活動日以外にそこへ行けばたいてい一人になることができた。テスト前には席取り合戦が起きる図書室に通うより気楽だから、そこで宿題を済ませてから帰っていた。

クラスにいるとき、わたしは少しがんばっている。基準は沙織《さおり》だった。

一年生のときから沙織は、クラスの中で同じくらいの波長を持つ子をとても器用に選び出し、素早く自分のグループを作り上げた。一年生の時は四人組で、クラス替えを経て二年生になっても、メンバーが二人入れ替わっただけで四人組だった。わたしはいつの間にか、そこに入っていた。

沙織がたまに首の色とまったく違う色の、明るすぎるファンデーションを塗って登校することは気になっていたが、人との接し方の軽やかさには憧れるし、一緒にいると助けられることも多かった。沙織がほかのグループの子たちとも上手くやるおかげで、おかしな対立に巻き込まれたりもしない。彼女が作り上げる安全地帯の従順なメンバーでいるため、誰に言われたわけでもないけれど、わたしは沙織と同じくらいの膝上丈になるようにスカートのウエスト部分を二回折る。写真部員といるときよりも高く大きい声で笑う。たまに笑いながら手を叩いたりなんかもしてみる。その一方で彼女たちには、わたしが撮影した夕焼けの写真を見せたりは、なんとなくできない。テレビで見てから脳裏に焼き付いているパンダの姿勢のことも、話せない。それは沙織の求める世界には必要のないものだと思うからだ。でも、もしかして赤坂さんとだったら、その部分を見せ合えるかもしれない、彼女にならば空の写真を見せたりしていたかもしれない。文芸部の小窓から見える赤坂さんを見かけるたび、そう思うようになっていた。

五月のある夕方だった。部室の雑然としたテーブルの空きスペースで、わたしがノートと参考書を広げているとき、赤坂さんは控えめなノックのあとで突然やってきた。

「突然、ごめんなさい」

相変わらず膝下丈のスカートをはいて、半開きにした扉から少し不安げにこちらをのぞいていた。

「確か青山《あおやま》さん、だよね。一年の時、隣のクラスだった……」

話したことはなかったから、赤坂さんがわたしの名前を知っているとは思っていなかった。戸惑いながら頷くと、赤坂さんは「よかった」と一気に花が開いたように笑い、勢いよく引き戸を全開にした。

「きのう読んだ小説に、ちょうど、赤坂さんと青山さんっていう女の子が出てきて、その赤坂さんと青山さんはね……」

わたしが言葉を挟む隙なく、赤坂さんはその小説のあらすじについて話し出した。

物語上の赤坂さんと青山さんは大の仲良しで、二人合わせて「シティガールズ」と呼ばれている。赤坂と青山は、どちらも東京都心の地名だからだ。実際に二人が暮らすのは田舎の片隅だったが、将来はきっと赤坂と青山の中間地点でルームシェアをしようと誓い合って高校生活を送る。時にあわい恋あり、笑いと涙ありの、さわやかな友情物語――。

「わたしの名前、赤坂彩《あや》っていうの。そしてあなたは青山さん。絶対話さなきゃって一人で盛り上がって、急に来ちゃった。いつも写真部の部室にいるの、知ってたから」

いきなりの訪問から一人語りまでの嵐のような勢いに圧倒されて、つい後ずさっていた。勝手に作り上げていた赤坂さんの楚々としたイメージは崩れていったが、目の前の赤坂さんから溢れてくる圧倒的なエネルギーとくるくると変わる表情は、もっとすてきだった。

「そんな小説、あるんだ」

「きっとプロの作品じゃないと思うんだ。部室で、本に挟まっているプリントの束を見つけて読んだの。作者の名前が書いてないけど、出来栄えからしても、文芸部の誰かが習作で書いて置いて行ったんじゃないかな。それにしたって、びっくりでしょう。シティガールズ！　まさにわたしたちのこと！」

「シティガールズ……」

そのどこかレトロな単語を繰り返してみると、少し愉快な気持ちが生まれた。

「いい響きだね、なんかよく分からないけど」

そう返すと、とてもハイになっている様子の赤坂さんは、その場で飛び跳ねそうな勢いで言葉を続けた。

「だから突然だけど青山さん、わたしたちもシティガールズ、結成しませんか」

多少想像とは違ったけれど、わたしが赤坂さんに抱いていたのと似た気持ちを、赤坂さんも感じてくれていたのかもしれないと思った。

「もちろん」

迷わずそう答えると、赤坂さんは本当に飛び跳ねた。二人を結びつけてくれたその小説を、わたしもすぐにでも読みたかった。

「今、その小説、文芸部の部室にあるの？」

「ごめん、家に持ち帰ったままなの。今度持ってくるから、とりあえず明日、シティガールズとしての一回目の活動を行いましょう」

と彼女は言った。

翌日から文芸部の部室を拠点に、親交を深めていった。

天井まである前後二列のスライド式本棚が壁二列に置かれ、中央は大きなスチール製の机が陣取っているので、写真部の部室より更に狭く感じる。本棚には隙間を埋めるゲームのようにびっしり本が並んでいた。

わたしたちはまず手始めに東京のガイドブックを買ってきて、部室の本棚にむりやり加えた。次にガイドブックで赤坂と青山の位置を確認した。赤坂さんは自分の名字である赤坂はすぐに見つけたが、青山には手間取った。ＪＲ渋谷駅に置いた人差し指をさまよわせて、やっと見つけた。思っていたよりずっと赤坂と青山の距離が近いことを知ったときは、手を取って喜び合った。赤坂さんは提案した。

「もしもシティガールズで東京の大学に行けたら、あの小説みたいに青山と赤坂の中間にあるアパートでルームシェアをしようよ。外壁はやっぱり紫だといいよね。青と赤を混ぜたら紫になるから。アパートの名前は、シティガールズハウスがいいかな」

小説を好きな人が全員そうなのかは分からないけれど、赤坂さんは夢見がちだった。都心の家賃相場とか、アパートの命名権や外壁の色を決める権限は普通は入居者にはないとか、現実的なことは考えない。でもそこでの生活を妄想すると、わくわくしてくるのは確かで、「おそろいのカップも紫色にしよう」とわたしも答えた。

赤坂さんは東京への憧れが強かったが、それはそこで成し遂げたい何かがあるというよりは、そこに行けば何かが起こるかもしれないという期待からのようで、物語の舞台としての東京を求めているみたいだった。

「谷崎潤一郎さんがね、小説で書いてたの。東京ってどんなに隅々歩き回っても、ある時ふと別世界みたいな場所に出会うんだって。わたしも絶対、そんな街に住みたい」

教科書に載っているような人物であっても、赤坂さんは作家であればその人を近しい先輩のように、必ず「さん付け」で呼んだ。

かばんにはいつもハードカバーと文庫の二種類を入れているようだった。わたしの分かる限りで恋愛小説やミステリー、ホラー、教科書でよく見る昔の小説家の名作。ジャンルは様々で、「SFは読まず嫌いなの」と言っていた。例の「シティガールズ」の小説はなかなか持ってきてくれないのに、かばんのレパートリーの中からは、わたしにも読みやすい本を見繕って次から次へと貸してくれた。活字に慣れていないわたしは挫折する作品も多かったが、赤坂さんは気にしなかった。わたしは代わりに空の写真集を貸した。

まもなく、赤坂さんは正式な文芸部員ではないということを知った。

「ちゃんとした部員は今、一年生二人だけなんだ。その子たちも全然来ないし。だから
わたしが使い放題」

部員ではない彼女が部室に通うのには理由が二つあって、一つ目は「過去の部員たちの作品集を読破したいから」だった。赤坂さんは椅子に乗って、棚の上の方から数冊の作品集を取り出した。簡単に製本されたもので、表紙にはその年を象徴するイラストが部長によって描かれているという。

「その年のはマイケル・ジャクソンのシルエットね。彼が死んだ年だから。そっちは……下手すぎて分からないね」

歴代の文芸部員が制作してきた作品集は、合計五十冊以上はあるようだった。かつては部員数が多く活動が活発な時代もあったらしい。

「上野《うえの》先生からはすぐOKが出たんだ。過去の作品集に興味を持ってくれる生徒はめずらしいって大喜びで」

顧問の国語教師、上野先生は部室への出入りをあっさり許してくれたらしい。学校一、古株の彼は、四月の始業式で毎回「上野動物園のパンダ、トントンが生まれた年からこの高校にいる上野です」と分かりにくいあいさつをすることで知られている。最近めっきり物忘れが激しくなっているが、「どんなにボケたとしても文芸部員と彼らの書いた

作品のことは忘れない」と宣言しているといい、作品集に興味を示す赤坂さんのことをすぐに気に入ってくれたらしい。

原稿用紙二枚程度で完結するもの。話が広がり続けて意味の分からないままむりやり締めくくられる大長編。明らかに人気作家の文体に影響を受けたものや、毎日のお弁当のおかずを書き連ねた日記のようなもの、どろどろしすぎた恋愛小説、当時の教師たちが大活躍する戦闘もの。本当にいろんな作品がそろっているのだと、赤坂さんは愛おしそうに言った。

「でも、どうして？　わざわざ、ただの高校生が書いた作品を読まなくたって……」

「確かにここにあるのは商品としては成立しないものばかりだと思うけど、わたしは読めば読むほど打ちのめされるんだ。これを全部わたしと同じ高校生が書いたんだ、このうちのどれか一つだってわたしには書けない、って。わたしは過去の作品集を読んで、気に入ったものを書き写すか、印象に残ったものの解説や感想を書いてるだけ」

理解できるような、できないような気がして、あいまいに頷いた。

「そんなに熱意があるなら入部すればいいのに」

と言うと、

「上野先生にも部員が少ないから入部してくれって何度も言われてるんだけど、断ってるの。わたしは、自分では絶対に小説を書けないから、正式な部員にはなっちゃいけない。これは文芸部員へのリスペクトの気持ちからね」

赤坂さんは真摯なまなざしで言った。きっとわたしが想像できる以上の小説への思いが、その目の奥にあるのだと思った。

「そうだ、初心者はまずプロの文章に慣れたほうがいいと思うの。わたしの貸す本を最低五十冊読むまでは、青山さんはこの文芸部の作品集に手を出すのは禁止よ」

そう付け加えられた言いつけを、きちんと守ろうとわたしは決意した。


「青山さんは好きな子とかいないの」

二つ目の理由を話してくれたのは、だいぶ打ち解けあったあとで、夏休みに入る直前だった。日当たりの悪い部室棟は、風のある日なら窓を開けるだけでクーラーがなくても過ごせた。赤坂さんは、机の上に雑然と重ねられている白紙の原稿用紙が飛んでいかないように、棚から抜いた厚い本を重しにしながら、「わたしは好きな人がいるの」と、何でもないことのように話し出した。

「今年の春に卒業した二つ上の文芸部のＯＢで、松戸《まつど》先輩っていう人」

そう言って、クリップで留められた数枚の紙を差し出す。

「これが、その人が書いた掌編。未完だけど」

わたしは掌編という言葉も初めて知った。全体的に皺が寄って、ところどころ黄ばんだ年季が入った紙に、細かい縦書きの印字が並んでいた。右上の隅に「松戸」と走り書きのような署名があったが、タイトルらしきものはなく、唐突に本文が始まっている。

「松戸先輩はね、伝説の部員。三年間で一作も完成させなかったから、作品集には結局、何も掲載されてないんだって上野先生が教えてくれた。でも未完の作品はいっぱいあったみたいで、これは一年生の時に松戸先輩が書いたものなの。去年、本棚の間に挟まっているのを見つけて読んで、これこそわたしのことを書いた小説だって思った。すごく大好きな小説になったの」

赤坂さんは作者に会ってみたくて毎日のように部室に通った。いつ現れてもいいように、机にはその掌編の原稿を置いて過ごし、それがいつの間にか習慣になった。

「小さいころから、自分も小説の主人公になれたらいいのになって、ずっと思ってた。ちょっと恥ずかしいんだけど時々、だったら自分で書いてやろうって思い立つの。でもその度まったく書けない。だからかな。これを読んだとき、夢がかなったみたいな気持ちがして、先輩のことは夢をかなえてくれた王子様みたいに思った」

やっと対面を果たした日のことを話すとき、赤坂さんの頬は赤くなった。

「ちょうど一年前くらいかな。見たことのない男子生徒が教科書をたくさん抱えて入ってきた。それをどさっと机の上に置いてから、わたしとその原稿を見つけて『これ読んだんですか』って、敬語で聞いてきたの。そのときの顔を見て、あぁこの人が書いたんだってすぐ分かった」

まさに恋愛小説の出会いの場面だったそうだ。その瞬間、窓から光を連れた風が入って、周囲の紙が一斉に震えた。赤坂さんのスカートと松戸先輩の前髪が揺れた。

「これ読んだんですか」

そう言った松戸先輩の口元には、恥ずかしさと気まずさとうれしさが混じったようなものが浮かんでいた。赤坂さんはその表情の移り変わりを一つも逃さないようにしながら、呼吸を落ち着かせて返した。

「見つけてから毎日、読み返しています」

「毎日？」

「はい、大好きなんです」

「未完なのに」

「未完でも」

松戸先輩は、赤坂さんが想像していたとおりの人だったという。背が高くて痩せていて、一重。まっすぐで細い髪が目を少し隠しているけど暗い感じじゃない。話し方が丁寧。重たい荷物が苦手で、夏休み中に持って帰らなければいけない教科書類をすべて部室に置いていく。

「一年生？」

「はい。正式な部員じゃないですけど、毎日ここに来てます。これを書いた松戸先輩っていう人に、会ってみたかったから。これには、わたしのことが書かれているの」

何度も思い描いてきたように、松戸先輩の目の奥を見て言えた。

受験生の松戸先輩は夏休み中、これまでは寄り付かなかった文芸部の部室で勉強をするようになった。赤坂さんもその時間を見計らって、隣で作品集を読み続けた。

「赤坂さんの横顔を見てると何かが書けそうな気がしてくる」

毎日のように松戸先輩は言い、勉強の合間に思い立ったように原稿用紙を広げることもあったが、結局書き進められないようだった。赤坂さんはそれを見て見ぬふりをした。

その夏一番の暑さを記録した日の夕方だった。冷たいペットボトルのお茶を二つ買って戻ってきた先輩は静かに休筆を宣言した。

「受験が終わるまではとりあえず、書かないでみるよ」

「終わったらまた、書きますか」

赤坂さんは聞いた。

「たぶん。完成させられないけど」

「わたしのこと、また登場させてくださいね」

そのあとで松戸先輩は、赤坂さんを自分の膝の上に招いた。

「座って」

赤坂さんが逡巡していると、松戸先輩はその日も机の上に広げてあったあの掌編の原稿を一枚手に取って、セロハンテープで引き戸の正方形の小窓に貼り付け、カーテンにした。

「これでどこからも見えないから」

——そこで赤坂さんは一旦、話を止めた。

「付き合ってたってことだよね？　今も？」

わたしが尋ねると、

「今は、たぶん違う」

赤坂さんは悲しそうな顔をした。

親密になった赤坂さんと松戸先輩だったが、彼は夏休みが終わると部室を訪れることが減り、受験が近付くと連絡も取れなくなった。やがて松戸先輩は東京の私立大学の国文科に合格し、この街を出ていくことが決まった。

卒業式の日、赤坂さんは松戸先輩に言われて、部室で彼を待った。彼は卒業証書が入った筒だけを持って現れた。やっぱり重たいものは苦手なのだ。

「東京の動物園のパンダがさ、三年ぶりに交尾したってね」

入ってくるなり松戸先輩はそんな話を真面目な顔でしたので、何を告げられるのかと不安な気持ちでいた赤坂さんは拍子抜けした。

「今朝も、その映像をテレビで見ました。お母さんといるとき。気まずかった」

赤坂さんが笑いかけたが、松戸先輩はますます神妙な顔になって言った。

「赤坂さんとのこと、ちゃんと考えたんだ。別れようって言おうと思って呼び出した。でもやっぱりそれも悲しい。俺が殴り書きしたような、完成もさせられなかった小説のこと、こんなに好きになってくれる人はもう現れないと思うから、それで、」

「現れませんよ。先輩のことを男性として好きになる人はたくさんいるかもしれないけど、先輩の小説をわたし以上に好きになる人は絶対いない」

赤坂さんは彼のセリフをさえぎって言い切った。

松戸先輩はただじっと赤坂さんを見つめた。彼の目の奥でどう感情が動いているのか、彼女には分からなかった。校舎の外から、にぎやかな声が聞こえた。卒業生同士が写真を撮り合ったり、胴上げをしているようだった。部室の中だけには沈黙が流れて、松戸先輩がそれを破った。

「パンダ。じゃあ、あのパンダが交尾をした春だけ、会うっていうのは」

「パンダ……」

ひとときときき、赤坂さんの思考は止まって、あのパンダたちの姿が女性アナウンサーの声とともに再生された。きょうは、微笑ましいニュースからです。発情の兆候がみられ、公開中止になっていたパンダのつがいが、ついに……。

「ごめん、赤坂さんは僕にとっても大切な人だけど、それは女の人としてじゃないって少しずつ思ってた。だから別れたほうがいいんだ。でもずっと会えなくなるのはやっぱり嫌だ。自分勝手すぎてどうしたらいいか混乱していて、パンダのニュースを今朝ちょうど見たから、パンダペースっていいなって、それで……」

取り繕うように言葉を重ねる松戸先輩に、赤坂さんは微笑んだ。

「いいですよ。パンダペースでも」

卒業証書の筒が床に転がり軽快な音をたてる。松戸先輩は赤坂さんを柔らかく抱き寄せて——、そこで話は再び中断された。

さっき語られた「まさに恋愛小説の出会いの場面」を再現するように窓から風が入っ

てきて、赤坂さんは目を閉じた。

「ねぇ、それひどいよ」

わたしは冷静だった。作品を読んで、その作者に恋をしてしまうなんてわたしには理解不能だった。それはひとまず置いておくとしても、松戸先輩はひどい。自分を好きでいてくれる存在を、崇めてくれる存在を、いつか自分が弱ったときのために残しておきたいだけだ。それにパンダの交尾なんて、ばかにしている。ロマンチックでもなんでもないし、今年の春はたまたま三年ぶりだったけど、その前は五年ぶりだった。誰も、たぶんパンダ自身でさえも、予想できない不確かなペースだ。憤るわたしのことを、赤坂さんは穏やかな笑みをたたえて見ていた。

「きっとみんなそう言う。でも、それを青山さんも読んでみて。読んだら変わるかもしれない」

それから松戸先輩の作品を持つわたしの手にそっと触れると、目線を落として言った。

「わたしは自分が小説を書けないことを、本当にずっとずっと悔しく思ってきた。たぶん、青山さんが想像できないくらいの悔しさ。こんなに好きなのに、何回書こうとしてもどうしてもだめなんだ。好きになる男の子は全員、わたしのことを好きになってくれないっていう人生が確定したみたいな辛さだった。でも、わたしが主人公だって錯覚させてくれた松戸先輩の小説にやっと、救ってもらえた気がするの。この小説の主人公でいられるなら、わたしは書くことだけじゃなくて、ほかにもう何もいらないような気さえする」

　ゆっくりとした口調には、どこか誓いの言葉を述べているような、厳かな雰囲気があった。わたしは今まで、こんなに強い思いを持ったことがあるだろうか。戸惑って何も言えずにいると、

「でもね、こんなに好きでも、松戸先輩はシティガールズには絶対に入れられない。松戸は千葉だし、シティじゃないから。そもそもガールでもないし」

　赤坂さんはいつもの笑顔で冗談っぽく添えた。

　松戸先輩が書いたというその未完の掌編は、わたしでもすぐ読み終えられるほど短かった。

　主人公は、膝下丈のスカートをはく女子高生だった。確かにここは赤坂さんと似ている。けれど、ほかにどこが赤坂さんをあれほど惹きつけたのかが、わたしには読み取れない。文脈はめちゃくちゃで、いらない修飾語や、やけに難しい漢字が多いし、特に主人公の行動がおかしい。

「春が嫌いな女子高生が、春から逃げるために走る」というのが話の大筋だった。プロ

ローグはこうだ。

「春が突然現れるものではなくて、じわじわと近付いてくるものなら、逃げられると思った。待ち構える、避ける、躱《かわ》す、誘い込む、此方《こちら》から飛び込む。他にも沢山選択肢はあるけれど、其の時私は、只一人で逃げてみたかった」

走れば春から逃げられるなんて突拍子もなさすぎて、論理的にも滅茶苦茶であるし、女子高生にしては夢見がちすぎる。どう考えたって、走っても走っても春は来る。赤坂さんがこの小説を好きになったことは尊重したいけれど、赤坂さんを妙な約束でつなぎとめる松戸先輩のことは、これを読んでも許せる気持ちにはならなかった。

次の日、赤坂さんには「ありがとう、すぐ読み終わった」とだけ伝えて返した。

「ねえ気づいた？　わたしもずっと、この主人公と同じように、なぜか春が来るのが怖かった。今年だって先輩と離れてしまう春が嫌で、一人でグラウンド、校舎の階段、部室棟の廊下、家の周囲、どんな短い距離でも走れるときには走った。でも今は、春が待ち遠しいんだ。パンダが、するかもしれないから。先輩と会えるかもしれないから。春を好きになれるようにパンダの約束をしてくれたんだとしたら、やっぱり松戸先輩ってすごいって思わない？」

赤坂さんは、シティガールズの小説を持ってくる約束はすっかり忘れたままなのに、松戸先輩の掌編のことで頭がいっぱいといった様子だった。そのことに嫉妬したのか、わたしもそれから暇さえあれば松戸先輩のことを詳細に思い描くようになった。隣にいるときの香り、鉛筆の握り方、「パンダ」のパの発し方、赤坂さんが座った膝の上の温度。赤坂さんの気持ちを、分かりたかった。

　打ち明け話のあと、文芸部の本棚にはパンダの生態について書かれた子ども向けの本と、あの動物園のガイドブックも追加された。赤坂さんが作品集を読む合間にそれを開いたので、わたしもパンダの知識を少しずつ得た。

　シティガールズの活動はずっと、暗黙の了解で二人だけの秘密だった。赤坂さんはクラスでは小説の話もしないのだという。確かに、休み時間の廊下でたまに見かける彼女は、春を迎えるパンダに見られる変化やシティガールズハウスの間取りについて一心不乱に語る赤坂さんと同じ人には見えなかった。わたしは、沙織からの遊びの誘いを断ることが増えていった。制服のスカートも、ウエスト部分を二回折っていたのを一回だけにして、自分が最も落ち着く膝丈に変えた。

　夏休みに入ってもシティガールズは時折、会合を設けた。駅前にある唯一の若者向けファッションビルに行った帰り、カフェに入るのがお決まりだった。

その日、カフェは通り沿いの大きな窓に面した席しか空いていなかった。日当たりが良すぎる席で、赤坂さんは大きないちごパフェを、わたしはチョコレートサンデーをうっすら汗をかいたまま頰張った。

「ここ、ちょっとだけシティって感じがする」「人通りはたぶん、青山と赤坂の三分の一以下だけどね」と言い合ったあとで、赤坂さんが急に身を縮めた。

「あ、あの人」

声を落として窓の外を指さした。見てみると若い男が二人、駅のほうからスーツケースをひいてこちらへ向かって歩いていた。

「あの人、あの右側、松戸先輩」

背が高くて痩せていて、一重。まっすぐで長めの髪。スーツケースが隣の男よりかなり小さい。前に聞いた特徴と同じ男がいた。

「赤坂さん、話しかけにいかなくていいの」

と慌てて聞く。

赤坂さんはパフェの陰になるように頭を落としていたが、まったく隠れられていなかった。

「うん、いいの」

「え、でも、あんなに大好きな人なのに。あんなに、会いたがってたのに」

「いいの、だって約束だから。パンダがした春だけ会うって……」

　窓の外を見ないようにして、けなげに言った。

　松戸先輩は赤坂さんに気づかず、カフェのすぐ前を談笑しながら通り過ぎて行く。わたしは沙織といるときにきれいな空に出会ってしまった場合のように、できる限りその瞬間を記憶に刻もうとした。窓ガラス一枚隔てた彼の姿、赤坂さんの心を乱す男の姿。目を閉じると彼のシルエットがくっきりと浮かんでくるほど焼き付けた。午後の強い日差しの中の後ろ姿は、少しずつ小さくなった。

「もう、いないよ」

　小声で教えた。

　赤坂さんは顔を上げ、溶け始めていたアイスの部分を、何かを振り切るように猛スピードで食べた。

　わたしのほうはチョコレートサンデーを半分ほど残し、それから数日間、食欲を無くしてしまった。松戸先輩は想像していたより全然かっこよくなかった。でも、赤坂さんが語った気持ちや体験を、あの男の姿を当てはめて再生し直すと、少し心臓の音が大きくなって、顔が熱くなってしまうのだった。

新学期が始まり、学園祭が近づくと、文化部の部室棟もにぎやかになった。写真部の展示の準備もあってシティガールズの会合の頻度は減ったが、冬が来て期末試験が終わるとまた元に戻った。しばらく松戸先輩の話題は出なくなっていたが、年が明けたころから赤坂さんは明らかにそわそわし出した。

二月の中旬、東京では早めの春一番が吹いたとニュースが伝えた。その日も文芸部の部室でいつも通り過ごしていたが、赤坂さんは上の空といった様子で何度も読みかけの作品集から目線を上げて、ついに「今から走ってみようよ」と、言った。

「青山さん、一緒に走ろう。でも春から逃げるためじゃなく、少しでも早く春に追いつくために走りたい」

春の居場所を知っているかのようなセリフだった。どちらに向かって走ったら逃げられるのか、または追いつけるのか、赤坂さんは知っているみたいだ、と思って一度我に返る。どこへ走っても春からは逃げられないし、追いつけるわけもないのだ。突拍子もなさすぎて論理的にも破綻しているし、夢見がち過ぎる。それなのに、

「走ろうか」

とわたしは答えていた。

制服のまま外に出た。ライトが控えめに照らす薄暗いグラウンドの半分をサッカー部が、もう半分を陸上部が使っていた。わたしたちシティガールズはどちらの邪魔もしないように、ほとんどコースから外れたあたりを大回りする形で走ることに決めた。

「位置について」まで言うと赤坂さんは急に走り出した。わたしも慌てて前に出たが片足のローファーが脱げそうになって少し出遅れた。

赤坂さんはスタートから全力疾走だった。まとめていない髪が上下に暴れ、彼女のトレードマークともいえる長めの丈のスカートが激しく舞う。陸上部はけげんな表情で見ていたが、赤坂さんのほうは気にしている様子はなかった。見えている春に無心で向かっているみたいだった。その姿を見たら、わたしの速度も自然に上がり始めた。

赤坂さんの後ろ姿を追うようにローファーの底で土を蹴り、空気を割るように進む。後ろでひとつに結んでいる髪が痛いほど揺れ、赤坂さんよりは短いスカートがめくれても、少しずつ他人の目線なんて気にならなくなった。全身に当たる夜の風が思いのほか柔らかい。まだまだ先だと思っていた春が、すぐそばまで来ているのだ。パンダもう、この気配を察知しているだろうか。春を迎える準備を整え始めているだろうか。

赤坂さんとの距離は縮まらない。赤坂さんは、松戸先輩と会えるかもしれない春に少しでも追いつくために走っていた。わたしは何のために？　だんだん呼吸が苦しくなった。わたしはおそらく今、春から逃げるために走っている。赤坂さんと松戸先輩が会ってしまうかもしれない春が嫌で、見えない春から逃げているのだ。

気づいてしまった。わたしは松戸先輩と赤坂さんがパンダのようになるのが嫌だ。赤坂さんが松戸先輩に傷つけられるかもしれないのが嫌だ。松戸先輩が赤坂さんを抱きしめるのも嫌だ。松戸先輩のあの髪を、赤坂さんがなでるのも嫌だ。大切な赤坂さんを松戸先輩に触れてほしくないのか、それとも松戸先輩を赤坂さんに触れてほしくないのか。上手く考えられなくて、息がさらにあがる。苦しいのに熱を持った体は自然と前に出て、速度は落ちていないように思えた。それでも赤坂さんには最後まで追いつけなかった。

一周だけなのにひどく疲れてしまった。赤坂さんはひざに手をつき息を整え、わたしはグラウンド脇の枯れ草の上に座り込んだ。どちらのローファーも、土埃をかぶって汚れていた。クールダウンのための緩いジョギングをしている陸上部員が目の前を過ぎていくと、走っているときに感じていた風がまた少しだけ吹いた。

赤坂さんは息を整えながら、言った。

「春を追いかけるっていうより、春と並走してるみたいだった」

松戸先輩の小説さながらの夢見がちな台詞だった。赤坂さんの額に汗の粒が光るのが見えて、

「並走どころか、もう夏みたい」

わたしも松戸先輩が書きそうな台詞をつぶやいていた。赤坂さんは頷くと、わたしを抱き寄せた。

「一緒に走ってくれてありがとう」

春のような体温。

「青山さん、わたしはちゃんと、あの小説の主人公になれた気がする。もう大丈夫」

赤坂さんの首元から、汗だろうか、古い紙と似た黒糖のような香りがした。わたしはやっぱり、どんな言葉や表情を返せばよいのか分からなかった。

話したこともない、一度しか見たことのない松戸先輩のことを自分が好きになるはずなんてない。でもあの小説のとおりに、春から逃げるためにわたしは走っていた。

「あの小説は、わたしのことを書いているのかもしれない」と、わたしもいつの間にか思っていた。

松戸先輩にもう一度会いたい。

翌日から、わたしは文芸部の部室から遠ざかっていった。赤坂さんと松戸先輩のこと、そして走りながら聞こえた自分の気持ちについて、考えることを中断したかったからだ。赤坂さんのほうからもあれ以来、連絡が来なくなっていて、何かを感じ取ったのかもしれないと思った。

走った夜には確かに春が近くにいたはずなのに、三月になっても北風は弱くならず、コートのボタンをしっかりと留めて登校した。東京のパンダのニュースはまだ何も入ってこない。

その放課後は、沙織に誘われて久しぶりにクラスの四人組で駅前のカフェに寄ることになった。夏休みに赤坂さんとよく行った場所だった。歩きながら沙織が、「またクラス替えが来ちゃうね」とさみしそうに言い、似たトーンで相槌を打った。この輪に戻ってくると、沙織の回す世界で与えられた役をこなすほうが楽なのかもしれないとも思えた。赤坂さんといるときに初めて知る本当の自分は、刺激的で新鮮で、でも自分の想像さえ上回っていってしまう。その度わたしは言葉も失う。

松戸先輩を見たあの席には案内されませんように、という祈りは通じなかった。せめてメニューはあのときと違うものにしようと温かいカフェラテだけを注文した。平日の夕暮時、通りを行く人の数は多い。そんな偶然があるわけない、と思っていても若い男性が通るたびに目で追っていた。

「あ、先輩」

　隣の沙織が突然声をあげ、手を振りだした。大学生らしいカップルの、彼女のほうが沙織に気づき、笑顔で手を振り返す。もう片方の手は彼氏とつないでいた。

「中学の時の部活の先輩なんだ。へえ、彼氏もかっこいいかも」

　沙織が言ったので、目線を移す。背が高くて痩せていて、一重。黒い髪は前より短くなっていたけれど、すぐ分かった。彼は夏にここで見た松戸先輩だった。

　思わず立ち上がってしまい、テーブルが揺れてカフェラテが少しこぼれる。心配する沙織たちの声を振り切って外に出て、彼を追った。二人はファッションビルのほうに向かって、手をつないだまま歩いていく。松戸先輩は、彼女が肩から提げていたトートバッグを持った。重いものが苦手なはずなのに。

「松戸先輩」

　ほとんど叫ぶような声で呼んだが、彼は振り返らない。すれ違う人が不思議そうにこちらを見た。ビルの自動ドアに入る寸前、もう一度名前を呼んで、彼女と手をつないでいるほうの腕をつかんだ。先輩は目を見開き、おびえた様子でわたしの手を払いのけた。拒絶というよりは、防衛といった動作だった。

「誰？　俺、松戸じゃないけど」

眉間にしわを寄せた彼の横で、彼女もこちらをけげんな顔をして見ていた。

「松戸先輩、文芸部だった松戸先輩じゃないんですか」

「文芸部?」

彼は笑い出した。

「俺が文芸部だって。漢字もろくに読めないのに。それに俺、君と同じ高校でもないから」

わたしの制服を指して言った。

「でも、赤坂さんとパンダの……」

「パンダ? 赤坂っていう知り合いも、いない」

彼は呆れた様子で断言した。

「やっぱり人違いだと思うけど」

彼女も慰めるような口ぶりで言った。

そんなはずがない。わたしが赤坂さんと見たのはこの人だった。一度しか見ていないけれど、間違うはずがなかった。あの時の姿はわたしの中で何度も再生されたのだから。夏の部室でこの人の膝の上に乗る赤坂さん、わたし。春の部室でこの人に抱き寄せられる赤坂さん、わたし。

カップルはビルの中に消えた。

よくない予感がした。もしも。あの日、赤坂さんが「松戸先輩だ」と言った人物が、今聞いたとおりに松戸先輩ではないまったくの別人なのだとしたら？

色んなことが突然不確かに感じられて空を見た。広がる濃い青色と、ビルの際の燃えるような赤の夕焼け。写真は撮らなかった。

沙織からの着信が何度か入っていたが、カフェには戻らず学校へ向かった。走ると向かい風が強い。三月なのにまだまだ冬だ。走っても走っても、やっぱり春からは逃げられないし追いつけるはずなんてない、と当たり前のことを思い出した。

職員室へ行き上野先生を探すと、来客用ソファで一人お茶をする姿があった。

「文芸部ＯＢの、松戸先輩のことなんですけど……」

呼吸が乱れたまま聞いた。

「松戸？」

上野先生は、いつものとぼけた声を出す。

「去年の春に卒業した松戸先輩」

「松戸なんていないよ。それに去年卒業のＯＢだっていませんよ」

のんびりした口調を変えずそう言った。

「未完の小説ばかり書いて、作品集には載っていない松戸先輩ですよ。東京の私大の国文科に進んだらしいんですけど、あの、赤坂さんがいつも持ち歩いてる掌編を書いた……」

「文芸部員のことは忘れませんよ。いくらボケても……」

上野先生は不本意だというふうに立ち上がり、隣の教頭室に勝手に入って去年の卒業アルバムを持ち出すと、手渡してきた。めくってもめくっても、どのクラスにも松戸という男子生徒はいない。

「でもその話、どこかで覚えがある」

ずっと黙っていた上野先生が、ふと思い出したように湯飲み茶碗を置いて言った。

「その話って」

「だからその、今あなたが説明した話だよ。……そうだよ、もう何年も前の部員の誰かが書いた短編じゃなかったかな。憧れの先輩の書いた掌編にほれ込んだ女生徒の話。確かその憧れの先輩っていうのは、未完の小説ばかり書くんだ。誰の短編だったかなあ」

ますます頭が混乱した。

「雑だけど結構おもしろかったんだ、ちょうど赤坂さんとあなたによく似た、なんとかガールっていう二人組が出てきたりして。そういえば突拍子もなくパンダなんかも出てきたりしたからよく覚えてるんだな。ほら、わたしはさ、上野動物園のパンダのトントンが生まれた年からこの高校にいるから」

上野先生はあっさりと部室の鍵を貸してくれた。部室棟はもう誰もいなくて、廊下の照明さえ落とされている。初めて文芸部の部室で一人きりになった。

過去の作品集を片っ端から抜き、順にめくった。めくるほど、走ったあとで抱きしめてくれたときの赤坂さんの香り、あの黒糖のような香りが強くなった。それが紙から指の腹に染み込んで、もう石鹼で洗っても消えないかもしれないと思うころになって、やっと見つけた。

その短編が収録されているのは、一九八八年の作品集だった。表紙には一頭のパンダと大勢の見物人が描かれていた。作者は当然ながら見知らぬ名前で、当時の女子部員らしかった。

タイトルは「春は未完」。

書き出しはこうだった。

『きょうは、微笑ましいニュースからです。発情の兆候がみられ、公開中止になっていたパンダのつがいが、ついに……。

パステル色の、体にぴたりと吸い付くニットを着た若い女性アナウンサーが澄んだ声で伝えた。二頭はそろそろと近付きあう。無言で、もしくは二頭だけに伝わる言葉で、何かを確認し——』

そこには、これまでのわたしと赤坂さんのことがつづられていた。名前や設定は少しずつ違ったが、去年の春の出会いから、あの夜に走るまでのこと、すべてを予言するように書かれていた。

その物語では、赤坂さんと「渋谷さん」がシティガールズを結成した。二人は大人になったら赤坂と渋谷の中間地点で一緒に住むこと、そこを「シティガールズハウス」と呼ぶことを約束する。やがて赤坂さんは、未完の小説しか書かなかった伝説の文芸部員「千葉先輩」が書いた掌編を渋谷さんに読ませて、彼に恋をしているのだと打ち明ける。

「これこそわたしのことを書いた小説だって思った」

そう赤坂さんは言う。

千葉先輩は卒業後、東京の大学へ行ってしまったが、パンダが交尾をした春だけ会うという約束をしているのだと、赤坂さんは恥ずかしそうに明かす。夏休みに入ると、帰省中だった千葉先輩を、二人は偶然見かけてしまうが、赤坂さんは「約束だから」と声をかけない。やがて東京で春一番が吹いた日、シティガールズは制服姿でグラウンドを走る。春が待ち遠しい赤坂さんは、春に追いつくために。渋谷さんはなぜか、春から逃げるために。そのとき渋谷さんは、自分も千葉先輩のことを好きになっていることに気づく。

物語はそこで尻切れとんぼに終わっていた。

赤坂さんがわたしに読ませてくれた「松戸先輩」が書いたというあの掌編は、「千葉先輩」の未完の作中作として、そのまま登場した。

赤坂さんはこの小説の主人公になったのだ。

「この小説の主人公でいられるなら、わたしは書くことだけじゃなくて、ほかにもう何もいらない」

松戸先輩のことを初めて話してくれた夏の日の、赤坂さんの言葉がよみがえった。

鏡が見たいと思った。「わたし」が存在しているのか確かめたかった。暗い窓に自分を映した。ひどい顔をしていたが、わたしはちゃんとここにいるし、「松戸先輩」に感じた気持ちも確かにまだ胸の中にあった。

でも、赤坂さんにとってわたしは「渋谷さん」でしかなかった。赤坂さんといるときのわたしも、教室にいるわたしと同じように、本当の自分じゃなかったのだ。赤坂さんが欲しがった世界で上手にコントロールされた、ひとつのパーツでしかなかった。もしもわたしが小説通りに動かなかったら？　制服の下の腕の肌が粟立った。

「シティガールズ、結成しませんか」と言ってくれた、わたしと笑い合っていた、たくさんの小説を教えてくれた、あわい恋の感情を分けてくれた、あの赤坂さんはどこだ。繊細で無責任で、でも魅力的だった松戸先輩はどこだ。

たぶんもう二人とも、うっすらと甘い香りのするこの古い紙の中にしかいない。

作品集の先をさらにめくると、何枚かの原稿用紙の切れ端が挟まっていた。毛筆が似合いそうな流れるような筆跡、これは赤坂さんの字だ。小説の書き出し案のようだったが、どれも原稿用紙半分も埋められずに文字は途絶えていた。

「わたしのスカートがいつも膝下丈の理由、あなただけは知っているでしょう？……」

「わたしはあの春の夜にグラウンドで……」

原稿用紙の上に一粒、涙がこぼれた。

本棚の中身が床に散乱し、ほこりが舞っている。最後まで気づかないままでいてあげたかった、最後まで主人公でいさせてあげたかった、でも。この荒れた部室で明日、赤坂さんに何をどう伝えればよいのだろう。これからやってくる春に、もしもパンダが交尾をしたとして、どんな顔をしたらよいだろう。

どうするにせよ、ここを出なければいけないのは確かだった。自分の物語は自分で書かなければいけないのだ。見知らぬ誰かの書いたこの小説が、そう言っていた。

「春は未完」の最後はこう締めくくられていた。

「渋谷は思った。これから先をどうするべきかは、自分しか決められないのだと」

だからとりあえず、わたしは思うことにした。

これから先をどうするべきかは、自分しか決められないのだと。

楽譜が読めない

今でもこの大きなスクランブル交差点では立ち止まってしまう。こうして周囲を落ち着きなく見渡してしまうし、街頭ビジョンを見上げてしまうし、耳を澄ましてしまう。当然、たくさんの人にぶつかる。東京に出て来てもうずいぶん経つのに、まだ慣れない。これは全部全部、あの人のせいだ。ここに立つたび、わたしの耳には十年前の音が鳴って、あの呪文が聞こえる。

＊

不安ばかりだった春の始まり、遠く離れた都心では都市伝説のようなものが広まっていた。夜の九時ちょうど、その巨大なスクランブル交差点で立ち止まり、ある曲を聞きながら目を閉じて願い事をすると、それがかなうというものだった。

最初は大きなヘッドホンをしたひとり二人の若者が立ち止まっている程度だったが、本当に願いがかなったと報告する人間が現れると、うわさは徐々に広まって、同じような人が少しずつ増えていった。いくつか季節が過ぎると、何百人もの人間が、男も女も、日本人も外国人も、大人も子どもも、みんながそれぞれイヤホンでその曲を聞きながら立ち止まり、願い事を空に飛ばすために集まるようになった。

夜九時、そこでは時が止まったようになる。いつの間にか一種の社会現象にさえなって、やがて苦情が、特にバスやタクシー業者なんかから出るようになった。九時ぴったりに交差点上にいたいがために、定刻が近づくと歩行者用信号の色にかかわらず、むりやりに横断歩道を渡ろうとする人が増えたからだ。幸運なことにまだケガ人は出ていなかったが、交差点の隅にある交番の警察官が総出で規制をするようになった。

情報番組にも、頻繁に取りあげられた。ある番組では、若者中心の迷惑行為として扱われ、ある番組では今の時代にめずらしいロマンあるストーリーとして紹介された。

その曲を奏でているのは、夏の曲ばかりを歌う覆面バンドだった。「ＫＫ」と名乗る男性ボーカルが率いている。曲をたくさんの人に届けるための手段として、彼ら自身が広めた都市伝説だったのだが、この現状には気を揉んでいた。彼らにとっての本当の願いは、バスの運転手や警察官を困らせることではなく、その曲でひとりでも多くの人を幸せにすることだから。

バンドは立ち上がった。ある夜、交差点を囲む巨大な街頭ビジョンすべてを、九時に合わせてジャックすることにしたのだ。

数分前。スクリーンにバンドのシルエットが浮かび上がる。中央の、アフロのような特別大きな頭がKKだ。

「願い事は今夜で最後にしよう」

そのシルエットが、すべてのビジョンから呼びかける。願い事のためにスタンバイしていた人、たまたま通りかかった人、横断歩道上でごった返している人の群れが、一斉に街頭ビジョンを見上げた。

「今夜願ったことは、必ずかなう。だから、もう願う必要はなくなる」

このおとぎ話みたいな台詞を、ばかにしたように笑う人だっていたけれど、お構いなしにカウントダウンは始まった。

定刻、前奏を一気に飛び越え、サビのメロディーが大音量で鳴って、街を包んだ。

街の動きが鈍くなって所々でやじが飛んだが、やがてタクシーのクラクションが止まる。よっぱらいのケンカが止まる。警察官の笛の音も徐々に消えた。何かが伝染したみたいにひとりずつ上を見て、目を閉じていく。音が降ってくるのを受け止める。願い事が、深刻なものもそうでないものも、全部空に吸い込まれていく。歌詞が頭の先から染み込む――。

なかなか寝付けなかったわたしは、その街の夜の一部始終を、ベッドの中で携帯電話の画面を通じて見た。たまたま、その都市伝説の取材に出ていたニュース番組のクルーが捉えた映像だった。

そこはもう、夜の交差点じゃなかった。明るくて、まるでスポットライトに照らされた舞台の上だった。みんな自分の役の衣装を着ているみたいだった。衣装を脱いだら本当はただの人間でしかないバスの運転手も警察官も、いつの間にか何かを願っているように見えた。

曲が終わり、ギターの最後の響きが消えるとみんな、それぞれのタイミングで目を開ける。知らぬ間に涙が流れていたことに驚く人もいたし、もうばらばらの映像に変わっているビジョンを見比べている人もいるが、そのうち、何事もなかったように動き出す。各々の目的地へ向かって歩き、散らばっていく。だんだん人と人とが混じっていって、ばかにしていた人も笑っていた人も、何かを真剣に願っていた人と見分けがつかなくなっていった。そんなふうに、わたしには見えた。

携帯電話の画面が暗転する。同じ国で起きていることなのに、遠い世界のことに思えた。それがたまらなく悔しいような気持ちになって、ベッドを這い出るとパジャマのまま玄関のドアを少し押し開けた。

東京にはもう桜が咲いているというけれど、ここではあと数週間は先だ。春の夜のまだ冷たい風が隙間から入る。少ない街灯は、川の向こうに広がる田園をはっきりとは照らさない。空だって、いつもと同じだ。あのスクランブル交差点の空と間違いなく繋がっている空なのに、まったく違うものに見えた。この空の下にいては何かに取り残され続けていくような気がした。

「明日からの高校生活で、悪いことが起こりませんように」

ネオンの代わりに星ばかり光る空は、空というよりも深い穴のようで、願い事なんて届きそうもなかったけれど、とりあえず心の中で祈った。

入退場するとき、吹奏楽部による妙に完成度が高い生演奏が体育館いっぱいにわんわん広がった。「威風堂々」。この曲は入学式にふさわしいのだろうかと考えながら、指揮棒を振る恰幅の良い音楽教師を盗み見た。

「ここの吹奏楽部、ほとんど毎年、全国大会に行ってるの。練習も厳しいんだって」

教室へと戻る廊下で、出席番号順ですぐ後ろを歩いていたポニーテールの女の子が、小さな声でわたしに話しかけた。遅刻して教室に入ってきて、目立っていた子だった。

吹奏楽の強豪校で、それを目当てに入学してくる生徒も多いとは聞いていた。早速、張り切って担当の楽器名を名乗り合っているグループがあった。「威風堂々」に涙が出たとか、熱心に言い合っている。

「あれ、宗教みたいだね」

さっきの子が囁くように言って、ポニーテールが揺れた。わたしもちょうどそう思っていた。中学のころから教室の中には、特に女子には「小さな宗教」がいっぱいあったのだ。

スカート丈や前髪の分け方、先生に気づかれないメイクがどれだけできるかで運命は変わる。どれだけ他の生徒が読んでいない小説を読んでいるかで自分の価値が決まる。とにかく偏差値が高い学校に入ることができたら、幸せになれる。おめかしも勉強もおろそかにして打ち込める部活があるから、そんな自分を好きになれる。自分が最も信じているものに沿ってみんな、身を寄せ合っていた。お守りは、新発売のマスカラだったり、県立図書館のカードだったり、テニスボールだったりした。同じ教室にいても、そういうものでできた見えない線に分けられていて、「宗教観の違いによる争い」も、もちろんあった。

四月は、自分の宗教を選ばなければいけない季節。素早く選ばなければ置いて行かれる。間違ったものを選んでしまうと、疑い深い周囲から巧妙に仕掛けられる踏絵だらけの毎日になる。ふいに焦った気持ちになっているとき、

「わたしは無宗教なの」

その子はひとり言のようにそう言って、軽やかにわたしを追い抜き、離れていった。

彼女と仲良くなるきっかけを間接的にくれたのは、「くるぱー」だった。入学式翌日の休み時間、教室ではまだ誰もがぎこちなく緊張していた。わたしは収まりが良くない椅子をがたがた鳴らし、大量に配られたプリントを一枚一枚読むふりをしながら、朝の担任のあいさつを反芻していた。

「これからの三年間、困難もたくさんあると思います。つらいことはみんなで一緒に乗り越えていきましょう」

中学の担任も、卒業式の日に同じようなことを言っていたのだ。

「これから先、どんなに大変なことがあってもみんなならきっと乗り越えられます。つ

らいときは、この三年間を思い出してくださいね」

どうやらわたしたちには、この先必ず、つらく悲しいことが待っているみたいだった。早くも部活動見学に行ったらしい吹奏楽部志望のグループが、感想を語り合っているのがやけに騒がしく聞こえた。真新しい四月に似つかわしくない気持ちになって、唇を噛んだ。背後から大きな声が聞こえたのは、そのときだった。

「なんで大人って、これから先につらいことが待ち受けています、みたいな話をすんのかね、毎回毎回」

思わず振り向くと声の主は、いかにも運動部らしい、きれいに日に焼けた男子だった。似たように焼けた肌のもうひとりの男子が、「ほんとほんと」と良く響く声で同意して窓を開けると、サッカーゴールが見えるグラウンドのほうへ身を乗り出した。強い風が入って、廊下に抜けていく。すぐ近くにいた、髪の毛がくるくるした背の低い男子——彼こそが「くるぱー」だ——も、そのやり取りに突然加わった。

「俺らにはこれから先、幸せなことしか起こらないかもしれないのにな」

そんなに大きな声じゃなかったのかもしれないけれど、風に乗って校舎の中心のらせん階段を通り、学校中に広がるような声だった。また別の、アイドルみたいに線が細くて髪が茶色っぽい男子が、その言葉ににこりとして、口笛を吹き始めた。音程が悪い上に音がふにゃふにゃ途切れたけれど、明るくて幸せな曲調だった。第一声の男子が口笛の曲名を当てようとして、外れた。もうひとりも、いくつか曲名を挙げていく。くるくるの男子は正解が分かっているみたいで、「全然違う」「惜しい」「邦楽じゃないって」と、ときたま「くけけけ」と特徴的な笑い声をあげながらヒントを出していった。ふにゃふにゃの口笛は、今朝のニュースでも繰り返されていたスクランブル交差点のあの曲に変わって、クラスメイトのほとんどが彼らのほうをちらりと見た。たぶんこれが、「くるぱー」たちのグループが誕生した瞬間だった。

これから先、幸せなことしか起こらないかもしれないのにな。

彼らのやり取りは、教師の呪いにかかりかけていたわたしを一瞬、強くした。前日に話しかけてくれた「無宗教」の子を探した。誰かに自分から話しかけるのは苦手だけれど、一言目はもう決まっていた。

「わたしも無宗教なの」

かっこいい男子はかっこいい男子とだけ一緒にいるものだ。

わたしが十五年と少しかけて築いたその概念を、くるぱーは軽く崩した。くるぱーはかっこいい男の子に囲まれた。

わたしたちの高校の自慢は、吹奏楽部とサッカー部が強い他には、グラウンドと音楽室が広いこと、中央の大階段がらせん状になっていること。あとは県内で二番目に偏差値が高いことくらいだった。校舎は電車に乗れば十分と少しで日本海が見えてくる場所に建つのに、窓から見えるのは山と背の低い住宅だけだ。栄養をたっぷり含んだ土の香りばかりする教室の中で、くるぱーたちの四人組は異質だった。

サッカー部の新星エース格、その幼なじみで同じくサッカー部のムードメーカー的存在、それから帰宅部だけれど髪が生まれつき茶色で人一倍整った顔の子。この三人は、女子の注目を最も集めていた。入学初日から日焼けした肌が目立っていたサッカー部の二人は中学時代から注目されていた選手で、サッカー推薦で遠くの中学校から入学してきたらしく、それぞれ「北のペレ」「北のクロヒョウ」という異名をとっていた。七クラスある一年生全体で見ても一番二番を争うのではないかと思えるほど、とにかく華やかで目立つ男子の集まりで、見た目だけで言えばアイドルユニットみたいだった。が、くるぱーもなぜだか、そこに加わっているのだ。

くるぱーは、かっこよくない。絶対にアイドルにはなれない。髪の毛がくるくるしているのが一番の特徴で、背は低くて、帰宅部で、おまけに笑い声は「くけけけ」だ。だいたいいつ見ても赤らんでいる丸い顔は近所のパーマ屋のおばさんによく似ていた。くるぱーの本当の名前は黒木良太《くろきりょうた》で、中学ではイニシャルで「KR」と呼ばれていたと本人は自己紹介で言っていたのだけれど、わたしは心の中でこっそり、彼をくるぱーと呼んだ。

彼は決して他三人の使いっ走りにされているわけではないようだったし、グループを構成する大事なメンバーという扱いを受けているように見えていた。四人がまとまって廊下の向こう側から歩いてくるとき、テーマソングが聞こえてくるようなはっとする感じがあった。彼らが現れるとたくさんの生徒が、そちらに目線をやる。

いつでも四人は楽しそうに何かを話しながら歩いている。すれ違うとき、わたしは彼らをまっすぐは見られない。くるぱーのことだけを、もしくは彼らの足元だけを見た。派手な三人が履くと、学校指定のただの白い上履きも、おしゃれなものに見えた。たくさんの傷がついた茶色い廊下の床が、上質なアンティーク素材のような、とても良いものに見えた。くるぱーの上履きだけは、わたしのと同じに見えた。

息を止めて、彼らが何を話しているのかに耳を澄ます。あるときにはくるぱーが「起きているときも寝息みたいな呼吸音を出すやつが嫌いだ」と訴えて茶髪の男子だけが「分かる分かる」と共感し、またあるときには「インド人の新人の顔が」と茶髪の男子が語り出して、他三人が興味を示していた。

「無宗教」の子は、すみれといった。

「わたしも無宗教なの」

入学式翌日の帰り際だった。新しい教科書をかばんへ丁寧に仕舞っているすみれに、何度も心の中で練習してから、そう声をかけた。すみれも前日の会話を覚えていたみたいだった。わたしの目の奥をじっと見るようにしてから、芝居がかった仕草で、座ったまますっと右手を差し出した。わたしも右手を出してその手に触れると、それまで真顔だったすみれは控えめに笑った。それまで広く感じていた見慣れない教室が、急に縮んだ気がした。

その日から、すみれと毎日のように一緒に帰るようになった。

すみれは個人で習っているフルートに時間を使いたいからという理由で、学校の部活には入らないと言う。

「ちょっとは迷ったけど、わたしは自分のペースで続けることにした。受験勉強も早めに始めたいし」

すみれは、クラスの自己紹介ではフルートのことには一切触れずに「趣味は人間観察です」と堂々と言った。その理由を「吹奏楽部に勧誘されたら面倒だから」と教えてくれたけれど、「人間観察」と言い切ったその口調には、喫茶店の窓から道行く人のファッションを眺めるようなライトな人間観察ではなく、どこかプロフェッショナルであることを匂わせる自信が感じられた。

　少し人口が多い田舎から、より人口が少ない田舎へと引き返すだけの電車は、帰宅ラッシュより早めということもあって、何曜日であっても二人並んで座れるくらいに空いている。海とは反対方向に伸びる線路が通るのは大体が山の中か水田の脇だから、外の景色にはほとんど緑色か灰色しかなかった。

　具体的にどういう行動を人間観察と言うのか、という質問も、景色に早くも飽きてきたところに帰りの電車の中でした。

「観察日記をつけているの」

　近くに人はいないのに、いつにも増して小さい声ですみれは答えた。想像していた以上に本格的な様子なので、本当は、少しぞっとした。

「どんなことを記録するの」

「服装とか、様子とか、話していた言葉とか」すみれはすぐに答えた。

「なんのために」

「素敵な言葉とか音楽とか、聞いた瞬間にわたしは、自分の全身に絆創膏を隙間なくびっしり貼りたい気分になるの。体に沁みこんだ良いものが、漏れ出さないように。でもそんなこと現実的じゃないから、ノートに記録をするの。そして演奏に、そういうものを一気に込めたいの」

わたしのことは書かないでね、緊張しちゃいそうだから、と軽い感じで言ってみたら、「大丈夫」と、すみれはいたずらっぽく笑った。

すみれが「無宗教の良いところは、どの宗教とも一定の距離をとりつつ友好的に接することができるところ」と言っていたとおり、わたしとすみれはどの女の子たちにも表立って敵視されたり、見下されたりすることはない立ち位置を得始めていた。それは「無宗教」だからという理由だけでなくて、すみれの目立つわけではないけれど華やかで確かに美しいこの容姿のお陰かもしれないと、笑っても左右のバランスが崩れない顔を見て思った。必要以上には人を寄せ付けないような雰囲気があって、まさに「無宗教」にふさわしい笑顔。

「いま観察してるのは、うちのクラスの男子グループで……」

すみれは続けて、わたしは思わず「あ、もしかして、くるぱーの」と被せた。初めて、心の中だけでの呼び名を声に出した瞬間だった。

すみれは「くるぱー！」と、今までで一番高くて大きな声を上げた。

「分かる。彼は、くるぱーだ。どこからどう見ても、くるぱー。なんてぴったりな名前！　くるぱー、くるぱー、くるぱー……」

すみれは感激したように何度も繰り返してから、

「あのグループ、興味あるんだ。見ちゃうんだよね。でも、くるぱーしかちゃんと見られないんだけど」

と、小さな声に戻って言った。

まったく同意見だった。わたしとすみれの関係を成り立たせているものも、まだ分かっていないけれど、くるぱーとかっこいい男子たちを結びつけているもののほうが、もっと興味がある。あの子たちこそ、どんな宗教にもとらわれていないように見えるから。

「わたしも観察に協力する。わたしも興味があるの、くるぱーに」

そう宣言すると、すみれは喜んでくれて、

「くるぱーもだけど、わたしが一番興味があるのは、そのグループの加賀美《かがみ》くんなの。加賀美圭太《けいた》くん」

と打ち明けた。加賀美くんは、髪が茶色っぽくて、ふにゃふにゃの口笛を吹く男子のことだ。これから話す機会が万が一あったとしても、きっと目を見ては話せないだろうと予想できるほどきれいな目をしている。

「加賀美くん、ミュージシャン活動をしてるってうわさがあること、知ってる?」

「そうなの?」

「やっぱり知らないのね。中学のころからみたい。でも詳細は絶対にシークレットなんだって。誰も、どこでライブしてるのかとか、どんな歌を歌っているのかとか、全然知らない。だから色んなうわさがあって、あの駅前のライブハウスで歌ってるとか、大手レコード会社にスカウトされてるとか、加賀美くんがあのKKなんじゃないかとまで言ってる子もいるの。アフロのかつらで変装してる加賀美くんだって。それはないと思うけどね、こんな田舎だし」

「全然知らなかったな」

「いつか、それを聞きに行きたいんだ。どんな音楽を奏でているのか、どんな声で歌うのか、似たような志をもったクラスメイトとして、知りたいの。こっそりと。観察日記は、そのための情報収集も兼ねて」

すみれはそこまで話すと、小さく手を振ってから発車間際に扉の開ボタンを押した。

「わたしの情報収集能力、すごいんだから」

振り返り、にっこり笑ってみせてから電車を降りた。

共通の話題がまだ少なかったすみれとの距離を縮めたのも、やっぱりくるぱーの存在だった。二人の間だけの軽やかな名前を、口に出す感じがただ楽しかったというのも多分にあるし、とりあえず彼の話をして、くるぱーの「くけけけ」という笑い声を真似たら、なんとなく楽しくなれた。

観察に協力すると約束した日から、あの四人組とすれ違ったり、接近したりしたときに聞き耳を立てることをより一層意識した。そうやって採取した彼らのエッセンスは逐一すみれに報告して、すみれはそれを観察日記帳に記した。えんじ色の日記帳は、現代文のノートと一体化していた。表から開けば現代文の板書が書き写してあり、裏から開くと観察日記だった。

「現代文はほとんどノートとらないから」と、すみれは言った。すみれは、わたしにも開こうと思えばすぐに開ける場所に現代文ノート兼観察日記を無防備に置いていた。

放課後も、情報収集の良きタイミングだった。ペレとクロヒョウがスポーツバッグを抱えてサッカー場に飛び出し、くるぱーと加賀美くんが自転車に二人乗りして帰るのを見届けたあと、彼らの席に座ってみたり、机の中を、鍵のないロッカーを、覗いてみたりもした。すみれは加賀美くんのを熱心に見て、わたしはくるぱーのをじっくりと見た。くるぱーのはすっきり整頓されていたが、他の三人はぐちゃぐちゃだった。

この時刻、吹奏楽部は最も熱心だ。トランペット、打楽器、クラリネット、色んな方角から飛んでくる楽器ごとの基礎練習の音が、奇妙な現代音楽みたいに交じり合って、わたしとすみれのスリリングな気持ちをさらに盛り上げた。

「これはストーカーっていうのかな」

くるぱーの椅子に座ったわたしが言うと、

「こんな甘っちょろいもの、ストーカーとは言わない。ストーカーは、もっともっと踏み込んで荒らすの。例えばノートを盗み見てどんな落書きをしているのかを探ったり、奥で丸まってるテストを広げて点数を見るとかね」

加賀美くんの机に触れながらすみれは言った。

「わたしたちは、節度ある観察者でいよう」

すみれのその言葉に、わたしはゆっくり頷いた。

そういうことをしている時間以外、とくに授業中は、彼らと同じ空間にいるという実感がものすごく薄かった。

いつの間にか彼らは、教室内で自家製「野菜チップス」を作る試みをスタートさせていた。日の当たる窓辺にティッシュペーパーを敷き、自分たちのお弁当に入っていたかぼちゃの薄切りやニンジン、ホウレンソウ、れんこんなどを並べていて、かれこれ二週間は干したままにしている。くるぱーは二日に一度、野菜の裏表をひっくり返す役目を務めていた。こんな子ども染みた遊びでも、彼らがやると誰もばかにしたりしなかった。小テスト中に教室中を巡回していた数学教師が気づいて捨てようとすると、クロヒョウが「まだ乾燥中なんです、もうすぐ野菜チップスになります」と素早く止めて、「それは非常食です」とくるぱーも付け加えた。数学教師はそのまま無言で手を引っ込め、何事もなかったかのように巡回を再開し、小テストは静かに続いた。

一度だけ放課後に、すみれのお弁当に入っていたニンジンをひとかけら、こっそり紛れ込ませてみたら、明くる日、くるぱーが「おい、ニンジンが増殖してるぞ」と三人を朝から招集した。「誰が忍び込ませたか分からないから危険だ」と用心深いクロヒョウは言ったが、加賀美くんがそれを突然少しかじった。「うん、毒はない」。こうして、加賀美くんの歯形付きのニンジンが窓辺に加わり、すみれは静かに歓喜した。

そういう彼らのやりとりを盗み見るとき、どこか遠くにいる存在を、透明な板を挟んで眺めている感じだった。その板越しに聞こえてくる彼らの会話は、どうでもいいふざけ合いの会話でも、わたしがすぐに忘れがちになることを思い出させてくれる気がした。「くるぱーたちが野菜チップスに心血注いでいるのを見てると、わたしたちがこれから何にでもなっていける十六歳だっていうようなこと、はっと思い出すんだ。そういえば、わたしはまだ十六歳だったって。どうしてかな」

帰りの電車ですみれに言った。どこにも行けない気になっているけれど本当はどこにだって行けること、例えば新幹線に乗り込むだけで四時間ちょっとで東京に行けること、夜行バスでだって一晩かけたら行けること。そういうことを思い出させるような、根っこからの明るさがあって、それが都会のネオンみたいに教室全体を照らしているように感じるのだ。あの歌の、スクランブル交差点と同じようなネオン。

「理由はうまく言えないけれど、わたしも分かる気がする」

「どうして野菜チップス作りなんかで、こんな気持ちになるんだろう」

「うん、でもなんとなく分かるよ。なんとなく」

と、すみれは何度も頷いてくれた。


くるぱーが何やら耳慣れない単語を口にしているのが聞こえたのは、五月の連休を終えたころだった。教室の並びを挟んで、女子トイレとは対になっている男子トイレの方角から、横並びで歩いてくる例の四人組が見えた。やっぱりわたしの中に、テーマソングが聞こえた。誰の何という曲かは分からないけれど、よくＣＭやバラエティー番組のＢＧＭでかかっている洋楽で、世界がぱーんと開けるような歌声のやつだ。

いつものようにすれ違う彼らの言葉をさりげなく拾おうとしていたら、「ロサンゼルスでの録音」という単語が飛び込んできた。くるぱーの声だった。特徴的で少し高めの声は、四人の中でも一番堂々としているので、たくさんの生徒が居る中でも聞き分けやすい。「ロサンゼルスでの録音は」のあとは聞き取れなかったけれど、加賀美くんがくるぱーをまっすぐ見つめる視線はわたしの目の裏で残像になった。四人がわたしの背後に消えたが、普段は彼らが遠ざかるとともに少しずつボリュームを下げていくBGMが、今回はなかなか消えなかった。

教室に戻って早速、すみれに報告した。

「ロサンゼルスでの録音」と、すみれはつぶやいて、それから目を閉じた。想像を巡らせているようだった。沈黙が思いのほか長く続いた。波のようなざわめきが満ちている教室の中ですみれがこんなふうにすると、わたしだけひとりぼっちになったような感覚になる。

「いま、なにを考えてるの」

振り払うように聞くと、

「ロサンゼルスでの録音って、超大物ミュージシャンの使う言葉だと思わない？」

と、すみれはぱっと目を開け、観察日記にシャープペンシルを走らせながら言った。

「くるぱー、何者かしら」

すみれはなにかひっかかりを感じるようだった。確かにくるぱーの髪型から、ミュージシャンっぽさは感じる。それは音楽室に掲げられる偉大な作曲家たちの肖像画から喚起されるイメージに過ぎないのかもしれない。わたしたちはまだ、くるぱーが天然パーマなのか、美容院でパーマをあてているのかも、知らない。

すみれは一ページをぜいたくに使って「くるぱー、ろさんぜるす」と大きくメモし、それを素早い筆遣いで丸く囲んだ。

想像の中で、くるぱーはどんどんと謎めき、存在感を増していった。

次の授業中、すみれがノートの切れ端にくるぱーとロサンゼルスの関係を探る計画をざっとまとめた手紙が届いた。音符の形に器用に折られたその計画書は、いねむりしてばかりの吹奏楽部の子を起こし、さらにクラスで最もスカートが短い女子と、クロヒョウを経由して、最短距離でわたしに届けられた。わたしの椅子の背もたれをシャープペンシルでこつこつと鳴らし、手紙を手渡ししてくれたクロヒョウの目は、まさにクロヒョウそのものだった。わたしはできる限り時間をかけて返事を書き、休み時間になってからすみれに手渡しした。その作業を何度か反復し、くるぱー素性調査計画の第一歩として、「ロサンゼルスでの録音」に対抗した、くるぱーの興味をひくセリフを言ってみようということに決まった。くるぱーとすれ違うとき、聞こえるように話すのだ。

早速それぞれ、候補となるセリフを書き出し、放課後に持ち寄ることにしたが、まだほとんどなにも知らないくるぱーの関心をひく言葉など、簡単には思い浮かばなかった。すみれのメモはアイデアで埋まっていて、熱意の差を思い知らされる。

「オーストリアでの録音が」「ガーナでの録音が」などの地名別シリーズも列挙されていた。わたしはその中から「インドでの録音が」を推した。以前、彼らが「インド人の新人の顔が」と話していたことを思い出したからだ。くるぱーは、インドにも関心がある可能性が高い。

「確かに。興味もひくだろうし、ちょうどいい長さだし、言いやすい」

すみれも賛成した。第一声はわたしが発することに決まった。これはただ単に、じゃんけんに負けたからだ。

決行に選んだのは、梅雨の午後だった。このころになるとくるぱーたちのグループは、くるぱー以外の三人の外見の良さによって学年中に知られる存在になっていた。他のクラスからこっそり見に来る女子もいるくらいだった。特に謎めいたところのある加賀美くんにはファンが多いみたいで、放課後に覗くロッカーにファンレターが入っていることもあったし、週に一度の学年集会が終わるたびに加賀美くんに話しかけにくる他のクラスの女の子たちもいた。その子たちが、いつも加賀美くんをガードするように近くにいるくるぱーのことを、あからさまに笑っていることにも気づいていた。

わたしたちは昼休み、男子トイレに近い廊下の窓辺で、外を眺めるふりをして彼らを待ち構えた。吹奏楽部の一年生は朝練の他に、早弁をして昼休みにも練習をするのが恒例のようだ。入学式で聞いた先輩部員の演奏と比べて、まだ美しいとは言えない音が音楽室の方から漏れてくるため、声をかき消されないようにするのも課題だった。

彼らはリサーチ済みのタイミングで、男子トイレから出てきた。わたしたちは、すれ違うことを目指して歩き出した。緊張していたようで、自然とすみれと緩く指をつないでいた。こういうことは、タイミングがものすごく大切だ。あと三歩近づいたら、と決める。

「インドでの録音がさあ」

言えた。声は裏返らず、落ち着いていて、それでいてよく通った気がした。最も警戒していたへたくそなトランペットとも被らなかった。すみれはわたしに負けない大きさの声で聞き返した。

「インドでの録音が、なに？」

二人そろって上出来だった。あとは、くるぱーの反応だ。わざとらしくないように、なるべく自然を装って振り返ったが、くるぱーは何事もなかったかのように前を向いて歩いていた。他三人も同様だった。違うクラスの話したことのない女子数人だけ、わたしたちを見てこそこそとなにかを囁き合っていた。わたしはくるぱーを追いかけるようにさりげなく方向を転換し、もう一度繰り返した。

「インドでの録音がさ」「だから、インドでの録音がどうしたの」

すみれも調子を合わせた。女子たちも自分たちの会話に戻り、もう誰もこちらを振り返らなかった。

わたしたちは諦めなかった。週に三度までと決め、好機を見計らって作戦を続けた。セリフは「インドでの録音」に関連することに決めていた。

「やっぱりインドは音が違うって」「ガンジス川を表現した曲が……」「タージ・マハール！」

少しずつエスカレートしたが、それでもくるぱーは振り返らなかった。作戦初日に出くわした女子グループは、そこが昼食後のおしゃべりの定位置のようで、彼女たちには何度も見られていた。一度、「二人はインドが好きなの」とおずおずと聞かれたが、すみれが作り笑顔でインド映画のタイトルを五つ六つ続けて言うと、それ以降は話しかけられなくなった。

「おい、またニンジンが増殖してるぞ」とくるぱーたちが騒いでいる日だった。昨日は図書室に用事があると言うすみれと別々に帰ったから一体だれがやったのだろう、と考えていると、すみれが加賀美くんの路上ライブの情報を得てきた。

「カガミライブ、夏休み中、金曜日」

電報のような手紙が授業中に回ってきた。

休み時間になってから「どこで知ったの」と聞いたら、「これも人間観察のたまもの」とだけ微笑みながら言った。すみれは「節度ある観察者でいよう」という約束を、ひとりで破ったのかもしれなかった。

場所は、高校の最寄駅からさらに海沿いを三十分ほど電車で行った先だった。それほど栄えているところではないけれど広い公園があって、そこで時折フリーマーケットなどの催しが開かれたり、路上パフォーマーが集まったりしているらしい。

「ずいぶん遠いところでやるんだね」

と言うと、こっそり見に行ってみようと、すみれは提案した。

「人陰に隠れて見たら、きっと本人には気づかれないと思うから」

「気づかれたって、別に大丈夫じゃないかな。通りすがりを装えば」

「気づかれたくないの。わたしは加賀美くんの姿を見たいけど、わたしを彼に見られたくはないの」

それでは透明人間になって彼の周りを漂うのと同じじゃないのかな、と思った。でも意見はせずに頷いた。きっと、そういう面倒くさくて回りくどい気持ちのことを恋とか、呼ぶのかもしれないと思ったからだった。

「どうして加賀美くんのこと、そんなに気になるの」

と、代わりに聞いた。

「教室では音楽活動のことを全然話さないから。教室の外に居場所を自分で作れる人に、わたしもなりたいの」

と、すみれは言った。

くるぱーが振り向かないまま、夏休みは始まった。

最初の金曜日、路上ライブが行われるはずの公園の最寄駅で、すみれと待ち合わせた。一時間に一本か二本程度しかない電車を降りると、海の気配を感じた。すみれも同じ電車に乗っているかもしれないと思ったけれど、いなかった。

外の自動販売機で買った炭酸水を飲んで待った。キャップをひねると、炭酸の泡がペットボトルの底のほうから一気に浮き上がった。スクランブル交差点の空に吸い込まれていくたくさんの願い事が目に見えたらこんな感じだったかもしれないと、青い空に透かして見ていた。

すみれは約束の午後四時を過ぎてからバスでやってきた。ショルダーバッグとは別に、小さな、横に細長いかばんを大切そうに抱えていた。黒い革のような素材でYAMAHAのロゴが入っている。わたしがそれに目を奪われていたら、

「この中にはフルートが入っているの」

と、すみれは説明した。初めて見る私服は、麻素材のさらりとしたワンピースで、制服のときとほとんどイメージが変わらなかった。

「もしかしてこの後、レッスンがあるの？」

と聞くと、「ないけど」とすみれは少しだけ気まずそうに答えて、黙った。

「ちょっと持ってみてもいい？」

言ってみたら、すみれは赤ちゃんをリレーするように、フルートが入ったかばんをわたしにそっと持たせた。見た目よりもずっしりとした重さを感じた。落とさないようにしながら恐る恐る返すと、すみれは微笑んだ。

公園は、あり余っている土地を思う存分使ったような広さだった。すみれの事前調べによれば、一番奥の広場へと続く長い通路沿いが、路上パフォーマンスの許可されてい

る場所だそうだが、いまは異国の太鼓を延々と打つ男性がひとりいるだけだった。夕方と言えど、まだまだ気温が高いのに、スリムなダークスーツを着こなし、涼しげに打ち続けている。どこにでもいる若いサラリーマンのような風貌と、聞き慣れない音とリズムは奇妙なずれがあった。聞き入っている客は誰もいなかったが、その独特のリズムは確実に、わたしの気持ちを高揚させた。

太鼓の男を通り過ぎ、広場の入り口近くのベンチに座ると、すみれは髪をとかしたり、リップクリームを塗ったりしたあとで、ポーチから小型のボイスレコーダーを取り出した。

「録音しようかと思って。大丈夫、悪用はしない。人間観察の一環」

加賀美くんのことは、集まった人たちに紛れて盗み見る計画でいた。いくらシークレットとはいえ、すみれのように裏の手を使って情報をゲットしてきた女の子が黄色い声援を送ったり、応援のうちわを振ったり、横断幕を掲げたり、統率力あるひとりの女子がそんな集団を混乱のないように整列させたりするだろう。わたしたちは、その陰に隠れ、かろうじて加賀美くんが見え、歌が聞こえる位置にいよう。そう、計画を立てていた。校内であれだけ注目を集める加賀美くんなのだから、それが学校の枠を飛び越えたらもっとすごいことになるのだと思っていた。

しかし、加賀美くんの集客力はわたしたちの想像の何倍も乏しかった。

時間間際だというのに、周囲にはわたしたち以外には打楽器の男しかいない。これでは誰も二人のことを隠してくれない。どうする、始まってしまうよ、そう言い合っているうちに、広場の方角から午後五時を知らせる童謡のチャイムが驚くほどの大音量で流れ、鳩が一斉に舞い立った。同時に、アコースティックギターを抱えた加賀美くんが広場中央の噴水の陰から現れた。足取りには力が入っていて、ただまっすぐに進む。黒いTシャツにジーンズというシンプルな出で立ちの彼は、いつもと同じようにかっこいい。だけれど、なにかがおかしい。なにかが違う。

ベンチで息を殺して座ったまま、彼の入場を見守った。加賀美くんはわたしたちのすぐ前を通り過ぎ、太鼓の男から少し離れた位置に陣取った。わたしとすみれには気がついていない様子だった。だって、彼は一度も周囲を見渡したりしないのだ。登場時から、彼の足元より数センチ先の地面の一点を、ただ焼き切るように見つめている。

やがて、特に前触れもなく加賀美くんが歌い始めた。おかしい。おかしさの理由は、今度はすぐ分かった。歌がへたなのだ。音程が取れていないとか、お腹から声が出ていないとか、そういう単純なへたさではない。もちろん音程も外れているし、声も細いけれど、加賀美くんの声は、彼の口の中だけでこもっていて、ベンチまで届いて来ず、加賀美くんの周辺だけで膜のようなものを作り上げていた。その膜が、異国の打楽器のリズムで震えて、揺れているのだった。数秒に一度、打楽器によって膜は破られ、加賀美くんの裏声とギターの音が漏れた。ギターもギターで気の毒になるくらいの腕前で、楽器店で初心者のおじいさんが試し弾きをしているときのように弱々しく、頼りない音がする。加賀美くんがあのＫＫではないということは、もう明らかだった。

わたしもすみれも、ベンチから立ち上がらなかった。見てはいけない場面を、見に来てしまった気がした。

歌っているのはきっとオリジナルの曲だ。歌詞は聞き取れないから何とも言えないが、やたらとテンポが速くて、口は早口言葉のときみたいに空回りしていて、滑稽だった。学校の廊下でＢＧＭを背負い光を放っている彼と、目の前の彼は、まったく別人のようだった。

こもった声、試し弾きのギター、ひぐらしが鳴く声、異国の打楽器、早口言葉、かっこいい見た目、ぼんやりした暑さ。重なり合って渦を巻いて、めまいがした。

二曲目が始まって、すみれのほうを見てみた。かわいそうに、あんなに楽しみにしていたのに。すみれはフルートケースを抱きしめ、加賀美くんのほうではなく打楽器の男を見ようと努力していた。

「どうしよう」と、すみれがこちらを向き、わたしの肩に触れた。さっきまでと打って変わって顔色が悪く、青ざめていた。レコーダーの電源はすでに切られている。

すみれは「わたし帰ってもいいかな？」と声を絞り出した。

「もちろん、無理しないで。わたしも一緒に帰る」

「うん、でも、わがままだけど、もし聞けるなら、最後までひとりで聞いていってほしいんだけど、いいかな。それであとで、どんな感じだったか教えて」

すみれは切なげに、自分の胸の辺りを上下にさすりながら言った。

空はまだ明るいけれど徐々に涼しくなり始めていた。ひとりで加賀美くんのこのような姿を見続けるのは、恐ろしい気がした。けれど、最後まで見届けてみたい好奇心もほんのわずかながらあった。

「すみれがそうしてほしいなら、そうするけど」

答えると、すみれは「ありがとう」と言って、丁寧なお辞儀をした。

「フルート。持ってきたら、途中で気づいてくれた加賀美くんが、流れでセッションしようぜ、みたいに誘ってくれるかなとか妄想して、持ってきちゃったんだけど、出番なかったね」

そう恥ずかしそうに言って、すみれはこちらを一度も振り返らずに帰って行った。抱えるフルートケースが、より重たそうに見えた。

二曲目は、男性ダンスユニットのヒット曲だった。それを加賀美くんのへたな演奏と歌でアレンジされると、救いようもなく、ださかった。逃げ出したくなったが、すみれの代わりに観察し遂げるのだと心に決め凝視する。ものすごく心細くなってくる。加賀美くんはたぶん、まだわたしに気づいていない。それなのに二曲目を終えると、誰に向ってか、「次が最後の曲になります」と声を張り上げた。その声が今までで一番響いた。

と、次の瞬間、誰かが加賀美くんの隣にすっと立った。くるぱーだった。

いつの間に近くに来ていたのだろう。くるぱーは手にタンバリンをひとつ持っていた。くるぱーがそれを構えると、加賀美くんが貧弱な音でイントロを鳴らした。合わせて、くるぱーが鮮やかな仕草でタンバリンをひとつ叩いた。

途端、あるはずのないステージ照明が灯ったみたいに色の見え方が変わった。くるぱーは続けて、何通りもの音色とリズムを使いこなした。一音一音、加賀美くんの演奏を彩った。

俊敏で無駄のない動きのひとつひとつに目を奪われて、離せなくなる。最もすごいのは、くるぱーの演奏のほうが加賀美くんよりも数段上のレベルで素晴らしいのに、くるぱーが加賀美くんから主役の座を決して奪おうとしない配慮を感じることだった。あくまでも自分はいま、加賀美くんのパフォーマンスのアシストとして存在しているのだ、という姿勢が演奏ににじみ出ていた。

サビの部分では、くるぱーもコーラスとして参加した。くるぱーの声は、やっぱりよく通る。そこだけ歌詞がやっと聞きとれた。これもたぶん、オリジナルの曲だ。

「あのスクランブル交差点でいつか立ち止まる

誰も止まらないけど　ひとり立ち止まる

そうしたら願いがかなうと　あの人が言ったから」

くるぱーははっきりと歌った。少女マンガのモノローグみたいな、センチメンタルすぎる歌詞だと思ったが、これは例の都市伝説のことを歌っているのだと途中で気がつく。くるぱーがタンバリンを鳴らすたび、スクランブル交差点のネオンがひとつひとつ灯っていくように、空がどんどん色づいて、少し東京が見える。

そのサビが何度も繰り返された。歌ってもタンバリンを叩く手は休めないし、リズムもテンポも狂わない。声にはわたしにも届く感情が込められていた。くるぱーのコーラスが入るサビだけしか歌詞は聞き取れないけれど、さっきの二曲とは、比べ物にならないくらい惹きつけられた。この曲まですみれがいてくれたらよかったのに、と思った。

帰り道、これを一緒に口ずさんで海辺を走ったらきっと、何年たっても思い出せる完璧な一場面になった。

打楽器の男は一旦手を止め、さっきまで自分の傍に置いていた蚊取り線香を、献上物のようにくるぱーの足元の邪魔にならない場所へ置き、また自分の演奏に戻った。

くるぱーだったのだ。

あの四人組から聞こえるBGMを発していたのは他の誰でもない、くるぱーだったのだ。なぜ今まで気がつかなかったのだろう。くるぱーが持っている力の根源を知りたい、と思った。どう近づいたら、どう話しかけたら、どう仲良くなったら、それを知ることができるんだろう。

気がついたら立ち上がっていて、二人の前に走り寄っていた。ずっとサビが繰り返されている。至近距離から、演奏するくるぱーを、ときどき加賀美くんをただ見た。体を揺らしたり、手拍子を打ったりして流れを阻害してしまうのは怖くて、ただじっと見ることしかできなかった。くるぱーの動きも音も声も漏れる体温も、ものすごくわたしを前に、上に、引き揚げるようで、これがあればどんなことだって良い方に向かうと信じさせるなにかがあった。キーが少し上がって、最後の盛り上がりに入ったみたいだった。終わらないでほしい、このままループし続けてほしいと思った。

くるぱーはまっすぐ前を向き、目を見開いているけれど、わたしのことは見えていないようだった。彼の目にはいま、なにが見えているんだろう。わたしは、それも知りたい。くるぱーにわたしは見えていなくてもいいから、むしろ見えていてほしくないけれど、わたしはくるぱーの姿をこのまま見ていたい。

やがて演奏が終わった。打楽器の男も、いつの間にか消えていた。遠くで子どもが一度二度、甲高い笑い声をあげて、それが静まると無音になった。くるぱーのタンバリンの中に、すべての音が仕舞い込まれたみたいだった。わたしは拍手もできなかった。加賀美くんは、真ん前で直立不動のわたしを不思議そうに見て何かを言おうとしたが、くるぱーはその横で速やかに片づけを始め、

「加賀美、行くぞ」と背を向けた。

「待って」

思わず声をかけてしまうと、くるぱーは加賀美くんの背中をぽんぽんと叩き、先に行けと合図を送ったようだった。加賀美くんが遠ざかると、

「加賀美のおっかけ、もしくはストーカーですか。このライブはおれたちの実践練習の一環で公表してないはずですし、必要以上の接近は彼、ものすごく嫌がるんで、やめてくださいね。加賀美はそのほうが喜びます」

くるぱーは慣れたように事務的に言った。

「あの、わたしはあなたがたと同じクラスの」

そこまで言うと、くるぱーは目を細めてわたしの顔をやっと見た。

「ああ、あなた、昼休みに男子トイレの近くでいつもインドの話をでかい声でしている、謎の二人組のうちのひとりですよね」

作戦は届いていたのだ。しかしそれは、いまの状況では悪い方に作用しているようだ。

くるぱーはますます不審そうにこちらを見ていた。

「はい。そうです。でも、それは訳があって、すみません、インドに行ったことはないのですが、」

どうして、こんなに緊張してしまうのだろう。

「えっと、菅谷《すがや》さんでしたっけ。おれらに何のご用でしょうか」

くるぱーは硬い表情を崩さない。

「あなたも毎週、加賀美くんのライブに出ているんですか。もしそうならば、また聞きに来ても良いでしょうか。あ、菅野《すがの》です、菅野ユミ」

くるぱーは汗をかいたからか、いつにも増して髪の毛がうねっている。その髪に生命力さえ感じる。

「すごいなって思ったんです。タンバリンも、歌も、聞いたらとにかくすごく良いことが起こりそうっていうか、どんな願い事でもかないそうだっていう気持ちになったんです。それが初めてで、まだ足りないというか」

そう絞り出した。くるぱーが渋い顔で黙ったままなので、続けた。

「あ、ちゃんと聞こえたのは三曲目のタンバリンの音と、そのサビの歌詞だけでしたけど。他はもやもやしていて……」

くるぱーは「く」と一声をあげてから「くけけけ」と笑い出し、むせたのだろうか、激しく咳き込んだ。ペットボトルの水を飲みほし、のどを整えたあとで、

「菅野さん、来るのはあなたの自由です」

と構えを解いたような声で続けた。

「でも、他のやつには、僕らのことは決して言わないと約束してほしいです。これ以上、他の子を呼んだりしないで。加賀美目当てで女子が集まるとやりにくいんだ。おれたち、まだまだ修行の身だから。あと、今日座ってたベンチから見る程度にしてくれるかな。それ以上は近づかないで、絶対に」

そこまで言うと、またひとつコホンと咳をした。

すぐに、すみれのことを話そうと思った。さっきまでいたすみれなら、連れてくることが許されると思ったからだ。加賀美くんの「観察者」だということは伏せておけばい

い。でもわたしの口から言葉になって出てきたのは、すみれの名前じゃなかった。

「黒木くん、来ます。ひとりで。誰にも言わない」

　そう宣誓した。

「お願いしますよ、菅野さん」

　くるぱーは振り返り、加賀美くんのほうに髪の毛を弾ませて駆けて行った。

　すみれに内緒事ができてしまった。帰りの電車ですぐにメールを打った。

「ごめん。わたしもやっぱりひとりじゃ居づらくて、あのあとすぐ帰って来ちゃった」

　うそをつく後ろめたさを振り切るように、真っ暗な窓の外に広がっているであろう海のことを考えながら、送信した。そのあとでくるぱーの歌声はKKに似ているのではないかと思い始めたが、まさかくるぱーがKKだなんて。自分の考えにひとり笑いそうになって堪えた。

　それからは毎週、ひとりで通った。決まってあの三曲が、あの順番に繰り返された。いつもいる打楽器の男を除けば、ちゃんとした観客はわたし以外に増えなかった。たまに犬の散歩のおじいさんが立ち止まっただけだった。打楽器の男は毎回、蚊取り線香をくるぱーの足元に置くようになった。わたしはくるぱーの言うとおり、最初と同じベンチに座って聞いた。離れているし、届くのはやっぱりくるぱーが参加する三曲目のサビだけだったけれど、これくらいがちょうど良い距離感だった。最初のとき以来、くるぱーには近づいていないし、話しかけてもいない。くるぱーが加賀美くんに、わたしのことを説明したのかさえ分からない。ただくるぱーの演奏を、三曲目のサビを聞いて、願い事がかなう予感をもらって、彼らが後片づけしている間にこっそりと帰るだけだった。

そうしている間に一度、すみれのフルートの発表会に招かれた。お盆の少しあとだった。地元のこぢんまりとした会館は、観客でいっぱいだった。すみれが通う教室の生徒が、ひとりずつ演奏したり、何人かで合奏したりした。インドの知識を披露しあっているときのすみれとは、違う女性に見える。

演奏が止まったりしないか、突然間違った音を出したりしないか。祈るように体を固くして聞いて、終わったころには頭痛がした。くるぱーがステージ——というのは公園の脇だけれど——に立ったときに放つ圧倒感みたいなものは、一切なかった。けれど、わたしにもあんな音が出せたらどんなに素敵だろうと思った。

夏休み最後の金曜日はやたらと蒸し暑く、夜から雨になると天気予報では言われていた。例のベンチで開演を待っていると、間際にフルートケースを抱えたすみれが現れたので、驚いた。

もちろん、すみれも驚いたようだった。言い訳を瞬時に考えようとしていたら、

「最後だからと思って……。また誘って途中で帰りたくなったら申し訳ないからひとりで来たんだけど。あの加賀美くんのイメージを持ったまま、夏休みを終えてはいけないと思ったというか」

すみれが顔を赤くして言ったので、

「わたしも。わたしも同じ」

と取り繕った。

「わたしたちってやっぱり似てる」

すみれは変には思わなかったようだった。

「今日は録音はやめた」と軽やかに言って、スカートをふわりとさせて隣に腰かけた。

すみれをわたしが招いたのだと勘違いされたら、くるぱーに嫌われてしまうかもしれない。そう思うと怖くなった。でもくるぱーは演奏中、わたしのほうなんて見ないから、いつもと同じようにこっそり聞いて、こっそり帰ったら、隣にすみれがいてもなにも問題は起こらないかもしれない。

打楽器の男はこんな日に限ってまだ来ていなかった。蟬だけが歓声をあげるステージに加賀美くんはやってきて、演奏を始めた。この夏休みでまったく成長はしていない。

隣のすみれは体を固くして目を閉じていた。二曲目が始まって、遅れてやってきた打楽器の男のリズムが加わっても、すみれは帰ろうとしなかった。目を閉じてじっとし続けていたが、三曲目でくるぱーが登場すると、目を見開き、わたしの肩を素早く何度も叩いた。わたしもすみれの表情をまねし、驚いたふりをした。曲の後半になると、すみれはサビの部分を小さい声で口ずさんだので、わたしも同じようにした。せっかくの夏休み最後の演奏なのに、隣にすみれがいるため浸りきれないことを、心の奥で残念に感じてしまっていた。

あとは演奏が終わったら、いつものようにただ帰ればいいだけだった。そうすれば、わたしがすみれについていたうそは、無かったことになるはずだった。

「菅野さん、毎週ありがとう」

突然声を張り上げたのは、くるぱーではなく、加賀美くんだった。

後奏のさなかだった。加賀美くんはギターをがちゃがちゃとかき鳴らしながら、

「お陰様で、いい夏になりました」

と、サマーツアー千秋楽を迎えた人気ミュージシャンかのように、こちらに向かって爽やかすぎる笑顔で叫んでいた。くるぱーは、無表情でタンバリンを叩き続けていた。

「毎週、加賀美くんを見に来てたの」

と、すみれはこちらを見ずに聞いた。

うんと言うのも、違うと言うのも、どちらもうそをつくことになると思って、迷った。

「毎週来ていたのは本当で、でも加賀美くんを見に来ていたわけじゃない」

「どうして、わたしにうそをついたの」

「くるぱーに、言うなって言われて、それで」

何も言えなくなってしまった。わたしはどうして、すみれとの約束よりも、くるぱーとの約束を守ったのだろう。すみれは立ち上がり、公園の門へ駆けていった。追いかけるべきだったのに、動けなかった。

「インド仲間と、仲間割れした？」

彼らが楽器の片づけを終えてもベンチに座ったままでいたら、くるぱーは来てくれた。初めて話した日から一切言葉を交わしていなかったのに、以前より、とても近い関係になっている気がした。加賀美くんが、離れた距離から、

「ほんとありがとう。この夏で、ずいぶん進化できた気がする」

と声をかけてきた。さっきと同じ人気ミュージシャンを気取った言い方だったけど、

「でも学校じゃ、ここでのライブのことは絶対に秘密ね。もちろん、歌がへただってことも」

と付け加えるとき、ふいに何も演じていない、ただの少年の口調と目になった。

加賀美くんは自分がへただと分かっているんだ。へたでも、歌いたいんだ。加賀美くんは今初めて見た雰囲気に少し驚いて、わたしは無言で大きく二度頷いた。

度はくるぱーに向って「じゃあ俺、塾があるから」と叫んだ。

「夏期講習の最終テストがあるんだ、最高の千秋楽のあとなのに、まったく嫌になるよ」

一瞬でいつもの加賀美くんに戻った彼に、くるぱーは何も気づいてないように「おう、頑張れ」と言って、手を振った。加賀美くんはギターケースを高く掲げてから、颯爽と帰っていった。後ろ姿は本当にアイドルみたいだ。

「歌なんてこれから上手くなる。だから今のうちから歌が上手い人の振る舞いをしとこうって言ってるんだ。それにあいつは、アイドルっぽく振る舞うほうが魅力も増すからさ」

加賀美くんが見えなくなってから、敏腕マネージャーのようにくるぱーは言った。

「ペレとクロヒョウは知ってるの。加賀美くんの歌のこと」

「へただってことは知らないよ。加賀美、あの二人の前では絶対に歌わないんだ。それで、インド仲間とはどうした」

雲が厚いからか、日が暮れるのが早く感じる。わたしが最初は二人で来たこと、その

あとはすみれにうそをついてひとりで来ていたことをゆっくり説明していくと、いつの間にか隣に座っていたくるぱーは、

「そっか、なんか、ごめん」

と、謝った。わたしはいつの間にか泣いていて、でもどうして泣いているのか自分でもよく分からなかった。すみれに嫌われたかもしれないことが怖いから、うそをついた自分が嫌いだから、すみれを追いかけなかった自分はずるいから、夏休みが終わってしまうから、もうすぐ雨が降ってきてしまいそうだから。理由はいくつも浮かんだけれど、それでも、くるぱーが去ってからひとりで泣けば良かったのに。

泣きやむことができないでいると、くるぱーはふうと溜め息をついてから唐突にあの都市伝説のことを語り始めた。

「いつかあのバンドみたいな歌を歌うんだ。みんなの願いがかなうような」

「ということは、じゃあ黒木くんはやっぱり、KKじゃないんだ」

「なに言ってるの、当たり前でしょ。どうしてそうなるんだよ」

くるぱーはちょっと呆れたみたいに言って、「くけけけけけ」といつもより長く笑い声をあげた。

「そんなこと思うのは、きっと菅野さんだけだよ」

「じゃあ、スクランブル交差点の出てくる三曲目。あの曲は、黒木くんが作ったの」

くるぱーは声を整えるようにコホンとひとつ咳払いをしてから、

「そうだよ」と、力強く頷いた。

「いい曲だろ。自信作なんだ。加賀美は楽譜も苦手だから、曲作りはおれが担当なんだ」

「うん。KKの曲よりわたしは好き。サビ以外のところ、加賀美くんの声はあの距離だと聞き取れなかったんだけど、今度歌詞を全部教えてよ」

「サビしか聞こえないから、良く聞こえるのかも。それにKKには負けるよ。でもあんな伝説作れるようなバンドを、本当にやるんだ、いつか」

くるぱーは希望しか見えていないみたいに宣言した。

「どうして黒木くんは、そんなにまっすぐでいられるの。そんなに……」

そんなに髪はくるくるなのに。背が低いのに。かっこ悪いのに。勉強ができるわけでもないのに。タンバリンと歌はすごいけど。わたしと同じくらい、所々に欠けがあるのに。

「おれがそう見えるなら、たぶん呪文のお陰だな」

「呪文？」

繰り返すしかできなかったわたしに、一息置いて、

「おれの呪文、教えてあげようか」

と、くるぱーは言った。

「これを唱えたら何でもできるような気がするっていう呪文。教えてやるよ、菅野さんには」

くるぱーは息をすっと吸い込んでから、

「桑田佳祐は楽譜が読めない」

と早口に言って、そして沈黙した。

「え、それが呪文なの」

「そう。これを唱えると根拠のない自信が湧き出るんだ。桑田佳祐って知ってる？　サザンオールスターズの」

もちろん知っている。曲だって、サビなら何曲か口ずさむことができる。

「あのＫＫは桑田佳祐をずっと昔からリスペクトしていて、イニシャルをとってＫＫって名乗ってるんだ。ＫＫいわく、桑田って実は楽譜が読めないんだって。あの名曲を生み出す桑田が、あんな歌を歌える桑田が、実は楽譜は読めない。それを知ったとき、ものすごい希望を感じたらしいんだ。それで、いまでも気分が落ちたときは唱えるんだって。『桑田佳祐は楽譜が読めない』って。おれもまねして唱えてるんだ」

くるぱーは抱えたひざに顔を半分埋めながら教えてくれた。恥ずかしさや照れを必死で隠しているみたいに見えた。桑田佳祐は楽譜が読めないけれど、名曲を生み出せる。くるぱーは、欠けたところがあっても大丈夫なんだと言いたいのだろうか。

「KK本人も、楽譜が読めないの?」

「いや、KKは読めるらしいよ。雑誌のインタビューでそう言ってた」

「なんか、ややこしいね」

「ややこしくない。KKの呪文においての『楽譜が読めない』は比喩だよ、メタファーだよ、例えだよ」

くるぱーは、小学生男子みたいに、ほんの少しむきになった。

「自分に落ち込みそうになったら、自信がなくなりそうになったら、唱えるんだ。桑田佳祐は楽譜が読めない。桑田佳祐は楽譜が読めない。桑田佳祐は楽譜が読めない。って。唱えてみてよ」

わたしは疑心暗鬼だったが、一回だけ唱えた。

「桑田佳祐は楽譜が読めない」

恥ずかしさもあって、ぼそりとした声が出た。こんな一言で前を向けるのだったらどんなに楽か、と自分自身の根っこからの疑り深さと暗さを、ついでにくるぱーの素直さも、疎ましく思った。

「はいもう一回。もう少し大きな声で」

くるぱーはそう励ますように言ったが、わたしは声を出せなかった。

「まあ、これを唱えてから、インド仲間に謝ったらいいよ。次の電車逃したら、また一時間後だぞ」

くるぱーが諦めたように言って、駅のほうに走り出したので、あとを追った。くるぱーは振り返らないけれど、わたしを置いてけぼりにしないくらいの速度で走ってくれているみたいだった。

息を切らして発車間際の電車に滑り込んだ。扉が閉まって、動き出すとすぐに雨が降り出した。くるぱーは頰を伝うくらい汗をかいていて、どちらからともなく一席分間を空けて座った。

「ちなみに黒木くんは楽譜が読めるの」

息が整ってから急に聞いたら、驚いたくるぱーはむせながら、

「当たり前だろ」

と答えた。

「桑田佳祐は楽譜が読めない。ＫＫは読める。黒木くんも読める」

「そう。それが正解」

「黒木くん、入学式の次の日に教室で言ってたでしょう。俺らにはこれから先、幸せなことしか起こらないかもしれないのになって」

「言ったかな」

「言ったよ。その言葉、あの三曲目となんだか似た感じがある」

くるぱーは「似てるかなあ」と言いながら、窓の向こうを見ていた。

「とりあえず、インド仲間にはすぐ謝ってみてよ」

わたしより手前の駅で降りたくるぱーは最後にそう言った。

降りたホームで携帯から電話をかけたが、すみれは出なかった。もう一度試してみたが同じだった。もう一度、と思ったときに急に怖くなって、振り切るように言ってみた。

「桑田佳祐は楽譜が読めない」

やはりわたしにはそんなに効かないみたいで、もうかけられなかった。

窓辺の野菜チップスはいつの間にか撤去されていた。新学期が始まると、金曜日の加賀美くんとくるぱーとのことは、別の世界での出来事だったように急に遠くなった。わたしに向って感謝を叫んでいた加賀美くんは、目があっても知らないふりをする。ペレとクロヒョウはますます黒くなり、夏合宿での出来事を加賀美くんとくるぱーに話していた。

　すみれとの仲直りはできないままだった。教室で顔を合わせたが、すみれはわたしが見えていないみたいに行動した。休み時間にはひとりで本を開いているのが見えた。すみれという名前にぴったりなほど凜としていた。学校の外側にも自分の世界を持っている人だけの佇まいだった。その姿を見ていたら、すみれはもともと、ひとりでいたかったのかもしれないとも思えた。

　中庭でお弁当を開こうとしていると、手芸部の阿部さんたちのグループがやってきたので、一緒に昼食をとった。夏休みには長い合宿があったらしいのに、昼練をする吹奏楽部の一年生の音はやっぱりそんなに成長していない。簡単そうなロングトーンでも、音が揺れているように聞こえる。彼らが三年生になるまでに、本当に全国大会に出るような腕前になっているのだろうかと部外者ながら不安に思いつつ、パックのお茶を吸った。

　阿部さんは、言葉少ななわたしを元気づけるように言った。

「すみれさん、きれいだし自分の世界を持ってるって感じで素敵なんだけど、なんか近づけないんだよね。でもユミちゃんは話しやすい。ユミちゃん、すみれさんに人間観察とかインドとか、色々とむりやり付き合わされてたでしょう」

初めて、周りからは無宗教じゃなくて、すみれ教に見えていたんだと気づいた。

誘われるがままに手芸部を見学した帰りだった。かばんを取りに教室に戻ると、誰もいない。帰宅部を選んでから、ひとりでこういう教室を見るのは初めてだった。遮光のカーテンがぴったりと閉まっていて薄暗い。黒板には水拭きした跡がまだくっきりと残っていた。

ふと、すみれの机の中に、観察日記が置かれているかもしれないと思いついた。現代文のノートと一体化した、えんじ色のあのノート。すみれの机に近づく。少し身をかがめて覗き込めば、あるかどうか、すぐに分かるはずだ。

もし、あったとしたら？　わたしのことも書かれているに違いないと、いつからか思っていた。書かれているのはたぶん、目を覆いたくなるようなこと。すみれのきれいな、シャープペンシルの文字が思い浮かんだ。

「ユミは無宗教なんかじゃない。

夢中になれるものがないからわたしの真似をしているだけの、ただのわたしの信者だ」

すみれに憧れて、でも、憧れるほど傷ついていたような気がした。フルートが似合う美しさ、普段は澄ましているのに恋をすると周りが見えなくなる可愛らしさ、誰とでも萎縮せずに接するところ、ぶれない個性も、観察日記をつける風変わりさも、わたしには手に入らない。

くるぱーの音楽に触れられるあの場所だけはひとり占めしたくて、わたしはすみれをそこから除け者にしたのだろうか。

机の中に、手を入れようとしていた。すみれに、わたしより汚い部分があるのか確かめたかった。このノートにわたしの観察を、自分に憧れている平凡でつまらない女の子の生態を、いじわるな言葉で記しているとしたら……。少しでも嫌いになれたらと思った。ノートを手に取って走った。らせん階段を駆け下りる途中で、

「なに、急いでるの」

声が上から降った。

見上げると、バケツを持ったくるぱーが立っていた。顔が陰になって見えないけれど、髪の毛のシルエットで分かった。あのBGMも、今は聞こえなかった。

「まだ仲間割れしたまま？」

くるぱーは数段階段を下って、わたしの返事を待っていた。頷いてから続けた。

「わたしって、どう見てもすみれより劣ってるよね」

くるぱーは、いつも一緒にいる加賀美くんたちより自分が劣っていると思ったりする

こと、ないのだろうか。つらくなったりしないのだろうか。

少し考えたあと、くるぱーは階段に腰かけた。

「比べて自分が劣っているって思うってことは、その相手をすごい人だと思えてるってことだ」

答えになっているような、なっていないようなことを言った。

「じゃあ、例えば加賀美くんのことは？　どう思って一緒にいるの」

「加賀美は見てのとおり、心の底から楽観的で悪意がなくて、どこにいても主人公になる才能がある。まだ歌はへたで、そっからくる自信のなさはすごくあるけど、それを見せない工夫をする頭の良さがある。俺はぶさいくで、もてないから、そういう意味でも憧れるし、うらやましい」

今までで一番まっすぐわたしを見ている。

「でも、うらやましいと思うくらい尊敬できて、だからこそ惹かれる人と一緒にいたいと思うことの、何が悪いの」

くるぱーは、そう自分自身にも言い聞かせるように続けた。雲が途切れたみたいで急にあたりがオレンジ色になる。くるぱーの縮れた剛毛は、西日も透かさない。

「だから、インド仲間のことをそう思ってるなら、早く仲直りしないと。ちゃんと話せばなんとかなるよ」

くるぱーは、なんなんだろう。どうしてこんなに、神様みたいにうそがなくて、正しいのだろう。黙ったままでいると、

「こういうときこそ、唱えるんだ。桑田佳祐は楽譜が読めない。桑田佳祐は楽譜が読めない」

くるぱーはそう言って、ひょいと立ち上がり、数歩下がってわたしを見守った。意を決して唱えた。

「桑田佳祐は楽譜が読めない。桑田佳祐は楽譜が読めない。桑田佳祐は楽譜が読めない」

不思議だった。わたしは美人じゃない。くるぱーのまっすぐさに触れたからだろうか、呪文が徐々に、効力を発揮した。わたしは頑張り屋じゃない。わたしには打ち込めるものがない。わたしは頭が良くない。わたしは透き通る声も持っていない。わたしは性格も素直じゃない。わたしは友達も多くない。わたしは胸が大きくならない。わたしは他の女の子みたいにいい匂いがしない。わたしは人に好かれるほうじゃない。わたしは速く走れない。わたしはいざというときにしくじる。わたしは人より勝っているところがたぶんない。わたしは自分がどうなりたいのかさえ分かっていない。そのことと、桑田佳祐が楽譜を読めないこととは、まったくの別次元だ。それなのに、自分のだめなと

ころも全部、いまはそれでいいのだと言ってもらえているような気になってくるのだった。

桑田佳祐は楽譜が読めない。それでも素晴らしい楽曲を生み出し続けている。わたしは魅力がない、それでも。それでもなにかできるのかもしれないという、根拠なき希望が湧き上がるのだった。

「もしかしたら、効いてきたかもしれない」

恥ずかしくて、控えめに打ち明けると、

「やっと効いたか」

くるぱーは満足げに言った。

「黒木くんが呪文を唱えているのは、例えばどんなとき」

くるぱーは黙った。窓から山の向こうの、もっと遠くを見ながら、代わりに「今度、東京に行くんだ」と答えた。

「あのスクランブル交差点を見に行く」

「三曲目に出てくるスクランブル交差点？」

「そう。あそこで、願い事してくる。親にも黙ってひとりで行くんだ。日帰りで」

くるぱーには、あの山の向こうに東京が見えているんだ。くるぱーは楽しそうに、自信にあふれた声で話した。顔を見るのが恥ずかしいくらいだった。

「なにを願うの」

「秘密だよ。菅野さんの願い事も、叶えてきてやろうか。インド仲間と仲直りできるように」

「桑田佳祐は楽譜が読めない。黒木くんは何だってできる」

涙を拭いて言うとくるぱーは笑って、

「ちょっと待ってて」と言い残し、教室のほうへ走った。戻ってくると、バケツの代わりにかばんを持っていて、

「あと、これ。ちょうどかばんに入れたまんまだったから、貸すよ」

かばんの奥からサザンオールスターズのアルバムを一枚取り出して、大きくて乾いた咳を続けてした。

「ちゃんと聞いたことなさそうだったからさ」

うれしくて、くるぱーたちとすれ違うときに浮かぶ、あのＢＧＭのメロディーを口ずさんでみる。

「この曲、なんていう曲」

そう聞くと、やっと咳が止まったくるぱーは、

「そんな名曲のタイトルさえ、知らないのか」

大げさに驚きながら言った。

「それもまた今度、貸すよ。その次はＫＫのアルバムも貸す」

「うん、ありがとう」

「この間、菅野さん、おれがＫＫじゃないかって言ったよね。……ねえ、本当におれがＫＫだったら、どうする？」

くるぱーは、冗談なのか本気なのか分からないトーンで言い残して、思わせぶりな身のこなしでらせん階段を駆け下りていった。いや、たぶん冗談のはずだ。分かっているのに、あの三曲目がスクランブル交差点の映像と一緒にまた繰り返され始めた。ノートは開かずに戻した。

くるぱーに明日、アルバムのお礼にあげよう。そう思って、のど飴を二袋買ってから帰った。手洗いも着がえもしないで両親の部屋に閉じこもった。パソコンを借りて、アルバムの曲を取り込んでいく。早く聞きたかった。聞いたら、あの呪文の効き目がもっと強くなる気がした。くるぱーと同じ呪文を持てたら、すみれとちゃんと向き合える気がした。一階から呼ぶ母に返事もせず、そのまま曲をかけた。

ヘッドホンから楽譜が読めない桑田佳祐の声が届いた。演奏の技術とか、コード進行とか、細かいことはまったくわたしは分からない。でも、良い、ということだけはすぐに分かった。まっさらな布が一瞬で広がって、夏をゆっくりと覆っていくような歌。その白い布を、音で、声で染め上げていって、今まで見たことのない色を作っていく。でもその代わりに、頭の中で延々と鳴り続けていたはずのくるぱーの歌うメロディーがだんだん色あせていった。あんなに素敵な曲だったのに。

桑田佳祐は本当の天才なのだ、と思い知った。

桑田佳祐は楽譜が読めない。桑田佳祐は楽譜が読めない。桑田佳祐は楽譜が読めない。もうだめだった。夕暮れのらせん階段でやっと効いた呪文は、早くも効き目が失われ始めていた。

桑田佳祐は楽譜が読めない。でもこんなに、圧倒的に、天才じゃないか。彼と自分を同等に考えて勇気をもらうなんてやっぱり、いくらくるぱーでもちょっと能天気すぎる。楽譜が読めないなんて、この天才だから許されること。また少しずつひねくれ者の自分が顔を出し始めた。トラックが進んで色の違う夏が終わるたびに、くるぱーの三曲目が小さくなっていく。

桑田佳祐の前では、くるぱーもかすんでしまう。決してくるぱーがだめなわけじゃないのに、どうして。自分がひどく冷たい人間になってしまったような、もどかしいこの気持ちを、前にも感じたことがあると思い出した。すみれのフルートの発表会に行った日だ。すみれの演奏も、くるぱーの歌に比べたら大したことないと思ってしまったのだった。

急にくるぱーとすみれが重なって見えた。

たぶん二人は、誰かと比べたら劣って見えることがあるのは当たり前で、仕方のないことだと知っていて、それでもやりたいことをやっているのだ。わたしは逆だ。わたしは人より劣ることを怖がりすぎて、自分がなにを好きでなにをしたいのか、いつも曖昧だ。

ヘッドホンを外す。すみれと話そうと思った。わたしがいましたいことは、すみれと話をすること。仲直りをすること。不安だった高校生活が楽しくなったのは、すみれを好きになったからなのだから。

携帯電話を取った。十回コール音が鳴った後で留守電になってしまう。もう一度もう一度と繰り返した。何回かけただろうか、やっとつながったとき、すみれはわたしの「ごめんね」を遮って、

「いま、加賀美くんに好きって言ってきた」

出るなりそう言った。息が弾んでいた。

「またライブやるって知って、今度はライブハウスでやる大学生バンドの前座の前座の前座で。それがさっき終わって、好きですって言ってきたばっかり」

「え、本当？」

つい謝罪が飛んで、聞き返す。

「それでね、加賀美くん、わたしをただのファンだと思ったみたいで。手を振りながら、これからも応援よろしくって」

アイドルを演じるその姿は容易に想像できて、思わず笑ってしまう。すみれも電話の向こうで笑い声をあげた。そのまま二人とも、なかなか止められないでいると、すみれが先に謝った。

「ごめん、わたし意地になって、謝れなくて。今日も、ユミはわたしと違ってどんな子にも好かれてるし仲良くできるから、どんどん離れていっちゃう気がして」

「違うよ、それは違う」

「恥ずかしいよね。加賀美くんが好きすぎてこうなっちゃったんだと思ったら、恥ずかしくて。だから本人に好きだって伝えてすっきりしたら、わたしからユミに謝ろうって思ってた」

「わたしもすみれに、たくさん話したいことがあるよ。くるぱーが、呪文を教えてくれて。サザンオールスターズの、」

突然すみれがわたしの話をさえぎって、高い声を上げた。

「くるぱー！　そうだ、あのね、さっきのライブで、くるぱーの真実も分かったの」

「くるぱーの真実？　もしかして、くるぱーは本当に……」

「とにかく、わたしたちが今年の夏を捧げた、くるぱーの全容。今から出てこられる？」

制服のまま、駅まで自転車を立って漕いだ。すみれと話せる。くるぱーの真実。夜の空気もペダルも軽い。

自動改札一機だけの小さな駅で、すみれはフルートケースと一緒に待っていた。

「ユミの最寄駅、廃れすぎているね」

といつもの調子で言う。

コンクリート床の狭い待合室には、他に誰もいなかった。すみれの顔を、久しぶりに真正面から見たら、安心してまた目が潤みそうになる。「くけけけ」と照れ隠しに笑って、冷たいプラスチックの椅子に座ると、すみれも「くけけけ」と笑った。すみれは、思い出したように素早く、レコーダーから伸びたイヤホンを片方差し出した。

「さっきのライブ。録音してたんだ」

耳を傾けると、加賀美くんのMCが始まっていた。相変わらずハリのない声だけれど、ライブハウスの音響の力もあって、公園のときよりずっとはっきり聞こえる。

「次の三曲目で最後になります、フィーチャリング黒木！」

拍手がパラパラ続いた。観客はかなり少ないみたいだ。囃《はや》す声も聞こえる。仕切っている大学生らしい声に促されて、加賀美くんは続けて語った。

「この曲は、おれが初めて作詞作曲した曲です。黒木へのリスペクトを込めて作りました。黒木は、おれに自分を作っていくことを教えてくれたんだ。歌がへたなおれに、『呪文を唱えろ』って。歌詞ではちょっとばかにしちゃってますが、黒木は楽譜も読めないのに歌が上手いし、リズム感も良くて、みなさん驚くと思います」

そう言ってくるぱーを呼び込んだ。

「なんか、あいさつして」

加賀美くんに言われたくるぱーは、

「どうも、黒木です。加賀美くんに、黒木を主人公に曲を作ったからと誘われたので、この曲だけコーラスとタンバリンやってます」

と明るく言った。空咳をしてから「音楽とか、全然興味ないんですけどね」と小さくつぶやいた。わたしに堂々と夢を語ったくるぱーとは別人みたいな声。加賀美くんがギターを鳴らした。

「聞いてください、『楽譜が読めない』」

サビしか聞き取れていなかった三曲目を、初めてすべて聞いた。

「くせ毛に見えて実は計算ずくのパーマ
顔がいつも赤いし、身長は伸びない
無駄に前向き　おまけに楽譜が読めない
いいところなんてない
それでも僕は僕に魔法をかけながら走る
歌いたいんだ　ロサンゼルスで録音するのが夢なんだ
いつかあのスクランブル交差点で夜九時　魔法はきっとかかるから
あのスクランブル交差点でいつか立ち止まる
誰も止まらないけど　ひとり立ち止まる
そうしたら願いがかなうと　あの人が言ったから

くせ毛に見えて実は大金かけたパーマ

うそつくとき空咳、いつもしてバレる
笑い声は『くけけ』おまけに楽譜が読めない
いいところなんてない
それでも僕は僕に魔法をかけながら生きる
歌いたいんだ いつか僕だけが読める楽譜で歌ってやる
いつかあのスクランブル交差点で夜九時 魔法はきっとかかるから
あのスクランブル交差点でいつか立ち止まる
誰も止まらないけど ひとり立ち止まる
そうしたら願いがかなうと あの人が言ったから」

くるぱーが作った曲ではなかったんだ。楽譜が読めるというのもうそだった。客の笑い声とやじが聞こえた。「ほとんど悪口じゃねえかよ」「ひどい歌詞」「いや、ボーカルの声もひどいよ」

サビが繰り返される。公園であんなにわたしを魅了したくるぱーの歌声とタンバリンは、数年前の日記を読み返したときのようにすっぱくて、そわそわした。呪文を心の中で唱え続けるくるぱーが見えた気がした。

ああそうか、とようやく気づいた。あの呪文には当然すぎる続きがあるのだ。

桑田佳祐は楽譜が読めない、「でも天才だ」。

きっとくるぱーも知っている。そこまで含めて完璧な呪文になるのだと。

桑田佳祐のように天才じゃないなら、楽譜を読めるようにならなきゃいけない。天才じゃないのだから、楽譜が読めないのだとしたら、他に誰にも負けないなにかを持たなくちゃいけない。天才じゃないから、補うために装わなくちゃいけない。くるぱーはただ前向きなんじゃなくて、この呪文で、本当はそう繰り返していたのだとしたら。くるぱーの呪文は、自分の弱さを肯定する優しいだけの呪文じゃなかったのだとしたら。

桑田佳祐は楽譜が読めない、でも天才だ。桑田佳祐は楽譜が読めない、でも天才だ。

わたしは、桑田佳祐のような天才じゃない。

だからひとつひとつの音符を丁寧に触って知って、耳を傾けて、踏み込んで、荒らして、何度でも同じことを飽きるほど繰り返して考えて、覚えて、そうして歌えるようにならなければいけないのだった。天才ではないわたしは、好きな人と一緒にいると傷つくこともあるけれど、それを避けては進んでいけない。天才じゃないのだから、今は誰かと比べられたら劣って見えるだろうけれど、だからなんだと笑い飛ばして、少しずつでも前に進まなきゃいけない。

曲が終わっていた。すみれがわたしの耳からイヤホンを外す。ホームに一両だけの電車が到着して、また遠ざかっていく。

「あれは天然パーマじゃなかったんだね」

白っぽい蛍光灯のちかちかする音が聞こえる気がするほど静かになってから、すみれは言った。

すみれは、たぶんわたしも、スコールに降られた後みたいな顔をしていた。かばんには、くるぱーにあげようと思っていたのど飴がそのまま入っていた。それを舐めながらもう一度、聞いた。飴はひどくすっぱいレモン味だった。

神様みたいだったくるぱーは消えて、わたしは「桑田佳祐は楽譜が読めない」という呪文を封印した。

くるぱーがわたしについたうそのことは、すみれにも話さなかった。

＊

くるぱーのせいだ。

三曲目のあのメロディーは、やっぱりもう忘れてしまった。思い出そうとすると桑田佳祐の声がする。ＫＫの声がする。それでも、ここに立つと今でもくるぱーのことを考えてしまうのだ。

「まだ上京したての女の子みたいに、そんなにきょろきょろしているの」

街頭ビジョンを見渡していたら、小さな声で話しかけられた。一年ぶりの待ち合わせに遅れて現れたすみれだった。急に街が縮む。

「変わらないね」

とすみれは言って、笑った。

あのころ遠い遠い場所だった夜のスクランブル交差点をすみれと渡る。この喧噪のどこか一部を、覚えていないあの三曲目が作っているような気がして、すべての音を体で浴びるようにして歩く。わたしたちは本当に年を取っているのだろうか。二人のかばんの中身が教科書から仕事の資料に変わっても、軽やかに一歩前を行くすみれの後ろ姿は、あのときのままだ。大人になったら簡単に泣くことなんてないと思っていた。でもわたしは泣きたくなったとき、まだ唱え続けている。

「くるぱーは楽譜が読めない、くるぱーは楽譜が読めない」と。

くるぱーの真実を知ったあと、くるぱーに失望なんてしなかった。

それどころか、すぐに電車より速く走って彼を探し出し、くるくるの髪の毛を撫でまわしたくなった。くるぱーも、なりたい自分になっていくためにうそをついて、魔法をかけて、まだ、もがいている途中だと知ったからだった。わたしも、すみれも、加賀美くんも、みんな同じだった。

「くるぱーは楽譜が読めない」は、「桑田佳祐は楽譜が読めない」よりも、ずっと優しく寄り添って勇気をくれる呪文だった。

大好きな人のくるくるの髪を撫でまわすなんて絶対にできない十六歳だったわたしは、それからはまた、ひっそりとした観察に逆戻りした。知ってしまった真実のことは言い出せなくて、話しかけるのもぎこちなくなった。

すみれとは運良く三年間クラスが同じだったが、くるぱーとは二年生で別になって、顔を合わせることも少なくなっていった。心配していた同学年の吹奏楽部員たちは、三年生になるとしっかり上達して無事に全国大会に出場した。ＫＫのバンドはあの伝説の数年後、楽曲が思うように売れなくなったころに覆面を外した。ＫＫの地味な容貌は、少なからずファンを落胆させた。ただ髪の毛は地毛だった。いまでは表舞台に出ることはほぼない。

物事は実にあっさりと過去へと流されていくのだということを、年齢を重ねていくごとに知った。けれど、桑田佳祐が本当に楽譜を読めないのかどうかは、まだ知らない。

四方八方の街頭ビジョンの映像は目まぐるしく移り変わって、次から次へと違う色が降ってくる。

さあここは、あのとき見ていた舞台の上だ。大丈夫、これから先、幸せなことしか起こらないかもしれないのだ。

「くるぱーは楽譜が読めない」

唱えて、一歩一歩踏み出す。楽譜が読めないし天才でもなかったくるぱーが、自分自身に魔法をかけて、持てる力いっぱいで前を向いていたことを思い出しながら。

ひどい句点

めずらしく東京に雪が積もった翌日が、約束の日だった。小玉《こだま》さんの都合で夜になった。薄い雪は昼ですっかり溶けきって、道は濡れて光った。

章子《しょうこ》は免許を持っていないので、運転するのは小玉さんになる。首都高の入り口が近くにあるという汐留の駐車場で彼の車に乗り込んだ。よく磨かれた黒色の4シーターで、車内もレンタカーのように生活の気配がなかった。ビル風が消えるだけで、体は熱を取り戻し始める。小玉さんはもう裸足だった。午後から休みのはずだったのにスーツ姿で、後部座席の下には脱いだ革靴と紺色の靴下がお行儀よくそろえて置かれているのが見えた。

「準備がいいですね」

言いながら助手席に座ったら、

「でもきみのは、めちゃくちゃ脱ぎづらそうだ」

困った声で小玉さんは言った。これだから若い女の子は、と続きそうな口ぶり。章子はコートの下に、膝上丈のツイードスカート、ショートブーツと黒いタイツをはいていた。どうやら、助手席に乗る者も同じように素足を晒さなければいけないらしかった。

「この間、そう言わなかったっけ」

ハンドルに両肘をついた小玉さんは不思議そうに言ったけれど、章子の記憶によれば絶対にそんなことは言っていなかった。

「タイツは脱がなくてもいいですよね」

ブーツに手をかけながら聞いた。

「事故を起こす可能性が上がってもいいのなら」

小玉さんは恐ろしいことを、表情を変えないで言った。この人はどこまでが冗談なのか、たまに分からない。

クリスマス間近の街のにぎやかさは遠ざかって、車内はとても静かだ。

＊

一年前に出会った。北に向う新幹線の指定席で、隣り合わせになったのだった。章子は大学の冬休みを利用して帰省するために、小玉さんは出張のために、東京駅から乗っていた。

最終の新幹線からは仙台駅でほとんどの乗客が降りて、その車両に残っていたのは数人だけだった。大雪が積もっていたため何度か途中で停車して、到着時間は遅れていた。章子は東京駅で買った本を読み終えてしまって、もう何度読んだか分からない文庫の小説を読み返していた。ほとんどお守りのような小説で、いつもかばんに入れたままにしている。ひと段落読んだら暗い窓を覗き、またひと段落読む。それを繰り返した。

空席があり余っているのだから、通路側のこの男性がどこか違う席に移動してくれたらいいのに、そしたらもっと広々と席を使えるのに。章子は仙台駅を過ぎてからずっとそう思っていたけれど、その人は動く気配がなかった。男性はノートパソコンを開いてキーボードをリズミカルに叩き続けていて、それを阻害して自分が違う席に移動するのは、憚られた。諦めて文庫本に目を落としていると、盛岡駅を過ぎたあたりで、柑橘系のすっきりとした香りがした。ノートパソコンを閉じた隣人が、小ぶりのみかんの皮をそっと剝いているのだった。

思わず静かな深呼吸をしていると、話しかけられた。きっかけの台詞を章子は思い出せないから、それくらい自然な流れだったのだろう。初めて顔を見て、思っていたより若くて驚く。章子の視界にはよく馴染んでいるスーツしか入っていなかったので、四十代くらいのサラリーマンかと勝手に思っていた。

彼は、みかんをひとつくれたのだった。発車から何も食べていない章子が、お腹を空かせているのではと思ったらしい。色と香りにつられて迷いつつも受け取ると、彼は恥ずかしそうに会釈して、自分のを食べ始めた。

がらがらの車内で見ず知らずの同士の二人が肩を並べてみかんを食べている図は、なんだかおかしかった。この人はどこかずれていると思いつつ、不快ではないずれかたに興味もわいた。章子が思わず笑ってしまうと、彼も「どうしたんですか」と言いつつ笑った。周囲すべてに価値を与えてくれるような笑いかただと章子は思った。

「空いている席に移ってくれたらいいのにって仙台を出たときからずっと思っていました」

打ち明けると、

「あれ、ほとんど僕たちしかいないじゃないですか」

彼は腰を浮かせて周囲を見渡し、驚いたような声を出した。

「すみません。パソコンの画面しか見ていなかった」

「いえ、みかん、ありがとうございます」

彼は小玉と名乗って、新聞社に勤めていると言った。

「本社は東京にあって、各都道府県に総局といわれる支社みたいなものがあるんです」

そう二つ目のみかんを剝きながら説明する。

「地方面といって、各都道府県によって掲載される記事が違うページがあるんだけど、そこの編集作業は各総局から記事や写真をデータでもらって、東京の本社でやっているんです」

小玉さんは都内の本社で、章子のふるさとの地方面の編集を担当している一員なのだという。章子が大学三年生で、就職活動で新聞社も受けたいと思っていることを伝えると、彼は新聞社という組織の仕組みを分かりやすく、かいつまんで教えてくれた。

お礼にと、ふるさとの名産品や、あまり知られていない観光地を教えていくと、小玉さんはそのほとんどをもう知っていた。

「何度も行っているから。一番好きなのは、あのお堀だね」

「駅前の、蓮の花がたくさん咲く」

「そう。あのお堀を見下ろすように高校が建っているでしょう。あんな高校に通いたかったと思うよ」

「今の季節は厚い氷が張っていて、ぎゅっと握って固くした雪玉を思いっきり投げてもひびも入りません」

小玉さんは方言には詳しくなかった。章子が、使うと地元の人に喜ばれるであろう簡単な言葉を教えたときには、思いのほか喜んだ。

小玉さんが笑うたびに、いま自分が発した言葉にはとても意味があったのではないかというような、不思議な気持ちに章子はなった。とくに喜んだのは「しょしい」だった。恥ずかしいときに出る言葉だ。

「ショシィ」

小玉さんは章子の発音を外国語のようにリピートして、「フランス語みたいだ」としみじみ感心した。

「それは知らなかったな。実は僕の婚約者が、そこ出身でいまも住んでいるんだけど、使ってるのは聞いたことなかったな」

小玉さんの手は、三つ目のみかんを剝こうかどうか迷っていた。章子は、こんな笑いかたをする男の人に愛される女の人を思い描こうとしてみた。

「出張と言いつつ、その方にも会いに行けるんですね」

「そうなんです。今回は交通費が経費で落ちるのが申し訳ない感じです。もちろん、仕事なしで個人的に会いに行くときはちゃんと自腹です」

小玉さんは三つ目のみかんをかばんに仕舞いながら言った。左手薬指に、シンプルな指輪があった。

深夜の終着駅のホームに立つと、空気が澄んでいた。呼吸をしなくても空気が沁み込んでくる感じ。帰ってきた、と章子は思った。小玉さんは別れ際、就活でまた聞きたいことがあったら、と、名刺をくれた。


小玉さんは、背は高くない。だけれど、スーツがとんでもなくよく似合って、スーツの選びかたや着こなしかたには会うたびに感動すらする。東京に戻ってから章子がお礼のメールを送ると、小玉さんが食事に誘ってくれたのが始まりだった。

「ぜひ渡したいものがあるので」とメールには書かれていた。

最初の場所は章子のふるさとであり、小玉さんの婚約者のふるさとでもある地名がそのまま店の名前になった、郷土料理屋だった。就活生時代に多くの新聞社や出版社を受けていた小玉さんは、そのときに使っていたノートを二冊、貸してくれた。各社の特色や主義から、連載物の著者選択の傾向、フォントの使い方の傾向、実際に面接で受けた質問まで、あらゆることを細やかにまとめたものだった。手書きの文字は男性にしては几帳面に小さすぎて、なぜか右下がりになっていく特徴があった。

「十年も前のだから、ほとんど参考にならないかもしれないけど」

そう言っていたけれど、出遅れていた章子には、とてもありがたいものだった。

「捨てようにも何だか捨てられなくて。貰ってくれる人がいてよかった」

と小玉さんは笑って、地酒をひとくち飲んだ。

就職活動が始まると、小玉さんのノートという味方があるにもかかわらず、章子はいともたやすく面接で落ち続けた。

内定を手にしていく大学の友人には恥ずかしいやら悔しいやらで言えない失態の数々を、小玉さんは笑ってくれた。あの不思議な笑いかたは、そういうとき、とても効果を発揮した。面接官の質問に答えるたびに自らの存在意義が分からなくなったが、小玉さんが笑い飛ばしてくれたら、また自分の言葉に意味や価値やそのほか、とにかくいいもの全部が戻ってくるような感覚になるから、小玉さんと会うことは章子には必要になっていった。

小玉さんの笑いかたは不思議ですね、と本人にも伝えたことがある。

「声か、表情か。具体的に、ほかの人のとどこが違うのかな」

小玉さんは自己分析を始めようとしたので、

「たぶん科学とか、論理とかでは明らかにできない種類の不思議さですよ」

そう告げると、小玉さんは照れたようにして、また不思議な笑いかたをした。

まったく内定が取れなくても、小玉さんだけは焦らせるようなことを言わなかったが、一度、面接のやり取りを聞いてくれたあとで、「すべてのことを正直に話し過ぎているんじゃないか」と指摘した。

「社会に出たら、もっと上手に嘘をつく能力も要るんだよ。面接官は、適切でうまい嘘をつく素質があるかどうかを見ようとしている場合もある気がする。推測だけど」

それからは面接の前や最中にでも、言葉に詰まったときや気持ちが焦ったとき、逃げたくなったときには、心の中で小玉さんの名前を呼ぶようになった。そうすると不思議と、自分の中になかったはずの言葉のかけらが現れてくる感覚があったし、いまが嘘をついていいときなのか、それとも本当のことを言ったほうがいいときなのか、分かってくる気もした。

「ショシィさん」

小玉さんは、章子のことをいつからか許可なくそう呼んだ。慣れてくると「さん」が消えて、ごくまれに「ちゃん」が付いたりした。どんなに外国語らしく小玉さんが発音しても、章子にとってその言葉は、恥ずかしさをこぼす響きにしか聞こえない。

「その呼び方、あまり好きではないかもしれません」

正直に、かつやんわりと伝えたけれど、小玉さんはやめなかった。

「佇まいにぴったりの響きだよ。首が見えるショートの感じとか、すごくショシィさんっぽい」

褒められている気はまったくしなかった。

同じ英米文学科の千佳子《ちかこ》が、小玉さんとは別の新聞社の内定をもらった。

千佳子は高校時代に留学経験があって英語が流ちょうに話せる。グライダー部に入っていて休日は空を飛んでいることが多く、年中日に焼けていた。幼稚園児に絵本の読み聞かせをするボランティアサークルにほとんど顔を出さず、本屋でのアルバイトに精を出し——特にバックヤードでの返本作業が好きだった——、友人も多くない章子だったが、なぜか千佳子とは気が合った。

千佳子は授業を休んで北海道や九州の滑空場に「飛びに行く」こともあって、章子はよくノートを貸した。いつも一緒にいるというわけではなかったけれど、共通の友人が入っている「ビートルズ訳詞研究会」というサークルが年に数回開く小規模な演奏会を、毎回二人で聴きに行くようになっていたし、たまに食事に出かけたりもした。

千佳子は一年生の時から、グライダー部の同期の男の子と付き合っていた。学食の隅の席で、頻繁に二人の姿を見かけた。似た肌の色をして、双子みたいだった。

「女子が少ないから、わたしみたいなのでもよく見えたのさ」

千佳子はよく、照れを隠すような口調でそう言っていた。

千佳子の内定祝いを兼ねて行ったスペイン料理店で、彼が他の子を好きになったから別れた、と報告を受けた。合同合宿などで顔を合わせる他大学の一年生部員が彼に告白をし、彼はその子を選んだのだという。千佳子は、パエリアの器に残ったおこげをスプーンでかりかりとやりながら、淡々と話した。

「しょうがないとしか言いようがないよね。ほかの子を好きになるのは。わたしと正反対の、髪の毛がふわふわと長くて、きゃしゃな子なんだ。どんなに外にいても、その子は日焼けしないんだから。でもまあ、こんなこと、よくある話だしさ」

笑い飛ばしながら言った。

「わたしはそんなに落ち込んでないから。章子はいないの？　あのバイト先のダメ浪人生以来は」

「恋愛ではないんだけど」

前置きしてから小玉さんのことを話した。ショシィさんと呼ばれることも。

「一回、会わせてよ。見てあげる、章子にふさわしい人かどうか」

「そういうのじゃないよ。小玉さん、婚約してるし」

「なにそれ、もう明らかに怪しい人じゃん。だいたい新幹線で女子大生にみかん渡してくるとかさ、なんかいやらしいよ」

千佳子はスプーンでより一層、かりかりと音を立てた。

夏の終わるころになって、章子は千佳子を連れて小玉さんと会った。新聞社で働く心構えを聞きたいと千佳子が言っている、という名目で誘った。

千佳子は目上の人との接し方もそつがなかった。的確な質問を良きタイミングで投げかけ、自分の失敗談も交えて和やかな雰囲気を保った。

「ある出版社のペーパーテストで『点と丸、どっちが句点でどっちが読点か』っていう問題が出たんです。わたしはいつも分からなくなっちゃって。結局、間違えました。こんなんで新聞社に内定をもらえたのは奇跡ですよね」

「僕だって似たようなものだよ。暗記物なんてほとんど語呂合わせで乗り切ってきたんだ。そうだな、句読点なら……読点が、てん。だから〝てんとう虫〟って覚えるといいんじゃないかな」

　小玉さんは、ちょっと得意げにそう教えた。

「僕の携帯の下四桁は、ほぼヘイジュードなんだ。八、一、一、五」

　章子と千佳子がビートルズ訳詞研究会のライブに行くことを話したときも、また語呂合わせを披露した。

「正確に言えばハイジューゴですね」とするどく千佳子が言い、

「けっこう無理やりですね」と章子は言った。

　そのあとで突然、千佳子は小玉さんの指輪を見ながら、

「ご結婚、されてるんですね」

　と聞いた。

　小玉さんは、

「うん。つい先週、入籍も終えたんだ。奥さんはまだ東京に来られないんだけど」

　と、語呂合わせを教えたときと同じトーンで答えた。

「そうだったんですか」

　笑顔のまま章子は驚いてみせ、千佳子と声を合わせておめでとうございます、と言った。

「ジョージ・ハリスンに似てる。スーツが似合うし」

帰り道で千佳子はそう感想をもらした。

「でも気をつけなよ。あの人、良くない大人のずれかたをしてる」


ほとんど就職浪人を覚悟していたころ、章子は秋採用で都内の小さな出版社に内定をもらった。数年前に一冊の自己啓発書が大ヒットしたことで、そこそこ知られるようになった会社だった。小玉さんに報告と感謝の電話を入れると、とても喜んでくれた。

「最終面接のときも、小玉さん、小玉さん、小玉さんと心の中で何度も唱えたから、うまく行ったんです」

と打ち明けると、小玉さんは「一種のマントラだな」と言って、マントラとはなんぞやという豆知識を電話越しに披露した。

小玉さんが忙しくてなかなか都合が合わず、次に会えたときには冬が始まっていた。

場所は小玉さんの職場の近くにある、そば屋だった。個室に遅れて入ってきた小玉さんは「食べ終わったら、また戻らなきゃいけないんだ」と、以前より少しほっそりした顔で言った。

「ちゃんとしたお祝いは、また後日ゆっくりやろう」と、お酒を飲めないことを詫びた。

それでも就職祝いを用意してくれていて、食べ終わったあとに図書カード五千円分と、ネットに入った十個程のみかんをくれた。

「小玉さんらしいプレゼントでとてもうれしいです」

と感謝のつもりで言うと、

「ごめん。本当にごめん。女の子の就職祝いって、迷っちゃって。アクセサリーだと恋人みたいだし、時計って頑張りすぎだし、毎日持つ名刺入れは個人の好みで選びたいだろうし、ハンカチもどうなのかなと思って。みかんは、初めて会ったときにおいしそうに食べてくれたから」

予想以上に小玉さんは恥ずかしがった。いままでお酒をどれだけ飲んでも顔色を変えなかったのに、このときは顔を真っ赤にした。

「こういうときに、しょしいを使います」

すかさず言ったら、小玉さんは赤い顔のままで「ショシィ」を繰り返して、「初めて本来の使い方をした」と笑った。

章子は小玉さんが発するその言葉がもっと聞きたくなった。

「小玉さんも恥ずかしがること、あるんですね」

そう言うと、小玉さんは「それはそれは、たくさんあるよ」と言って、次々恥ずかしかった思い出を教えてくれた。

ピアノを弾けるふりをしていた幼稚園のころの話、静かな図書館で言った寝言の話。

「あと、首都高を走るときに僕はどうしても靴下を脱がなきゃだめなんだけど、それをドライブの前日に打ち明けたときも、ものすごく恥ずかしかった。今の奥さんとの初デートだったんだけどね」

たぶん笑うところだったけれど、それより先に疑問が口を出た。

「どうして首都高は裸足なんですか」

「どうしてと言われても、感覚の問題なんだ。たとえば服を着たままお風呂に入るのは気持ち悪いよね。それと同じ感覚」

「お風呂と首都高は一緒じゃないと思います」

「裸足じゃないと、事故を起こすんじゃないかって不安になるんだ。理由は分からないけど、本能的に。小学校の運動会で裸足になる男子、いなかった？　僕は裸足になるタイプだったんだけど、そういうのも関係あるのかな。とにかく首都高は裸足って、半分ゲン担ぎみたいに決まっているんだ。首都高以外の高速道路は、裸足じゃなくても大丈夫なんだけど」

お祝いはドライブがいいです、次はドライブに行きましょう、気がつくと小玉さんの右手をとって誘っていた。

「首都高を走りましょう」

初めて、小玉さんを触った。新幹線でも感じたように、小玉さんのずれかたは、章子にとって、やっぱりすごくいい。

小玉さんは「そんなに言うのなら」と承諾した。

「きみがそんなに楽しそうな声出すの、めずらしいもんな」とも言っていた。わたしは小玉さんといるとき、いままで常に楽しかったはずなのに、と章子は思った。

ともかく、二人はこうして、裸足の首都高を約束したのだった。ドライブのことは、千佳子に言わなかった。

＊

運転席の小玉さんは、「脱ぎ終わったら教えて」と言って、目を閉じた。さらに上から丁寧に手のひらで覆い、そのまま動かなくなった。

下着を脱ぐわけではないのだから、と章子は思い直した。ショートブーツをそっと脱いで、次にスカートの下から両手を入れて腰を浮かし、タイツに手を掛けた。ふと、ぎりぎりのところに立っている気がした。でも、一体なんの。そんなんじゃない、裸足になるだけ、意識する方がおかしい。そう否定するように脱いだ。タイツが脚をすべって、体が一気に軽くなる。古い皮膚を一枚はいだように脚の感覚が澄んで、冷たい空気がひたひたと沁みた。思いのほか寒さを感じて、誰もいない秋に近い海に入る直前のような、ひどく頼りない気分になった。抜け殻みたいなタイツを一度握ってからかばんに仕舞う。

「脱げました」

小玉さんは目を開けて少し身をかがめ、章子のつま先を見た。

夏の間の真っ赤なペディキュアがすっかり消えた爪。それからふくらはぎ、膝、太ももまでを一気に見た。

白い裸の足に視線が触れたのは、ほんの一瞬だった。けれど、おかしくなった、と、そのとき章子ははっきり分かった。わたしも小玉さんもどこかがおかしくなった、と。それを確認するために小玉さんの目を見てみたが、彼は何にも気づいていない顔をしていて、「シートベルト」とだけ指示すると、静かにアクセルを踏み込んだ。

裸足のドライブが始まった。都内で車に乗ることは滅多にない章子には、どこからが高速道路だったのかもよく分からなかったが、少し走ったあとで、小玉さんは「これが都心環状線」と言った。

「……つまり、首都高ってことですか」

「そう。東京をぐるぐる回ることが出来るんだ」

「わたしもぐるぐる回るものは好きです、山手線とか。あとコインランドリーの乾燥機とか、ハムスターが回し続けるあれとか。ずっと見ていられます」

素足であることを意識してしまわないように、とりあえず言葉を重ねた。

「小玉さんは観覧車は好きですか」

「どちらかといえば、メリーゴーランド派。高い所は好きじゃないんだ」

前のほうには東京湾があって、ライトアップされた橋が遠くに見えたと思ったら、右手のほうに東京タワーが頭だけを出して、一旦隠れてすぐに全身を現した。雲が低いから、タワーの周りの空まで赤い。こういう景色に息をのんでしまうとき、まだ東京に慣れていないのだと章子は焦る。

道はわりと空いていた。タクシー。軽自動車。左ハンドルの車。何台もが章子と小玉さんを追い越していき、小玉さんはそれほど速度を出していないのだと気づく。法定速度にのっとった安全運転。それでも章子の体には、猛スピードだった。色んなものを振り落とし置き去りにしているようで、ますます頼りない気分になった。

途中、トンネルに潜った。濃いクリーム色のタイルに覆われた両壁はどこまでも続くように見えて、そこを抜けたあとはさらに心もとなくなっていた。着ているはずのコートもセーターもツイードスカートも、その奥の下着もすっかり頼りなかった。裸足じゃないと首都高は走れない。小玉さんがそう言った意味が、少しずつ理解できた。「わたしだって、もう、裸足じゃないとだめかもしれない」と章子は言いたかった。音楽もラジオもかけず、ただひたすら走った。小玉さんは前だけを見ていて、章子は窓の外ばかり見た。高層ビルから降る明かりの数に焦り、遠くの観覧車の大きさに焦った。

最初は地名や見える建物について説明してくれていたのに、徐々に小玉さんは話さなくなった。アスファルトをこするタイヤだけが音をたてる。どのあたりを走っているんだろう。緑色をした案内板が、現在地を丁寧なくらい頻繁に知らせてくれるけれど、一瞬で頭の上を通り過ぎてしまうそれを、信じてよいのか。それさえ分からない。

暖房は入っていない。窓も開けていない。それなのに脚と脚の間には、冷たい風が割り入ってこようとする錯覚があって、章子は力を入れて両膝を合わせた。そうしていないと、ますますおかしくなってしまいそうだった。

声が出せなくなっていた。いま声を出したら、いつもと違う声が出てしまうのが分かった。

思いきって小玉さんのほうを見た。小玉さんの裸の足先は、ブレーキやアクセルを踏むために章子の目には見えないところにあった。今日もとても似合っていたジャケットは首都高に入る前に脱いでいて、白いシャツの袖はひじまで捲られている。ハンドルに触れる左手には、指輪がちゃんとあった。折れそうなほど細いラインは、街のネオンや明かりを映すように見えて、すぐ目をそらした。

デジタルの時計に目をやる。お互いが無言のままでかなりの時間が過ぎていた。環状線というくらいだから、同じところを回っているのだろう。少し前にも見た風景やビルが、何度か現れた。

東京タワーはもちろん、赤いペンキでブルドッグ犬が描かれたソースの看板を掲げたビルなんて、環状線にまさか三つも四つもあるわけがないのだ。小玉さんは章子に何も言わず、何周目かに入っているようだった。

千佳子が話してくれたことを、章子は思い出す。風の力だけで飛ぶグライダーは、上昇気流を見つけたら、それを逃がさないように旋回を始める。地平線を傾けて空に円を何度も描き、高度を上げていくのだという。

でもいま、わたしは東京に円を描きながら小玉さんと落下している。音もなくゆっくり落ちている。途中で止める方法は分からなかった。わたしたちは雲より高いところにいるから、地面が見えるまであと少し時間がかかるけれど、ただ身を任せているしかないのだと諦めるように思った。

流れる街が細い光線になっていく。なだらかな下り坂を走っているように、スピードが上がり続けている気がした。両膝はだるくなって、冷たすぎる風は脚と脚の間にとうにたどり着いていた。わたしはいま、なにを言えばいいのだろう。章子はにぶくなった頭の中で考えた。

スピード、出し過ぎていませんか。ラジオをつけましょうか、ドライブにはJ－WAVEがいいって雑誌に書いてあったんです。クリスマスソングなんかかかっているかも。寒い、寒いです。暖房を入れませんか。わたしたち、どこに向かって走っているんですか。

どれも違う。小玉さん、と心の中で呼んだ。やっと言うべき言葉が分かった。

「ごめんなさい、ちょっと気持ちが悪いかも」

思ったとおり、いつもとずいぶん違った声がこぼれた。章子のものではない女の人の声で、すんなり嘘が言えた。小玉さんは少し眉間の力を解放したような顔になったけれど、すぐいつもの顔に戻って黙り続け、その間にも延々と坂を下り続けた。

間違ったのかもしれない。また赤いブルドッグが来てしまう。

「じゃあ高速を降りて、少し休もうか」

やっと小玉さんは言った。小玉さんの声も、いつもと違う声だった。タイツを脱いだとき。あのときから、全部脱いでいたようなものだったのだ。章子は頷いた。

子どものころ、怖い夢をよく見ていた。夢の中で、これは夢かもしれないと気づくこともあった。そんなときは、自分の頬を自分で思いきり叩いたりつねったりして確かめて、夢だという確信が持てたら高い所を探して登り、そこから飛び降りて目覚めようとした。小学生のころだったと思う、大きな蜘蛛に阻まれて家に帰れない夢からいつもの方法で目覚めると、頬が赤くなっていたことがあった。心配する母に夢でのことを話すと、母は教えてくれた。痛みで確かめるのではなくて、太陽か月を探しなさい。夢では太陽が二つあったり、月が三つも四つもあったりするのよ、と。

章子は窓で額を冷やすふりをしながら、空を見た。月はひとつも出ていなかった。

首都高を降りると、絶対に口に出して言いたくない名前のホテルを小玉さんは見つけた。駐車場から小玉さんは裸足に革靴を、章子も裸足にショートブーツをひっかけて歩いた。靴の底が硬くて冷やかだった。いつの間にか手をつないでいた。章子は右手で、小玉さんは左手。つないでしまうと見えなくなるものがたくさんあった。

小玉さんの舌は、章子の体のどの部分よりも熱が高い。部屋に入るともう、そんな流れになっていった。車酔いが本当だったのか、嘘だったのか、確認もなかった。

自分がこんなことを出来る人間だと思っていなかったし、こんな状況になっている今でも思っていない。だったらこれは何なのだろう。いつからだめになっていたのか、ひとつずつ振り返りながら、章子は脱いでいた。だめだ、だめだと思っているはずなのに、車の中でタイツを脱いだときより抵抗がない。小玉さんは自分で脱いだ。布地がこすれる音がもっとだめにしていく。どこがどうなっているからスーツが似合うのかは、中身を見ても分からなかった。

直前だった。章子を見下ろす小玉さんは指輪を外した。ベッドサイドテーブルにことりと音を鳴らして置いた。それは、ここで現実は終わりです、と知らせる合図か、ここからはなんでもありの夢の世界です、と切り替える魔法みたいな動作だった。小玉さんは冗談めかした感じで、体から離れた指輪を見て言った。

「これはただの、まるだから。現実に打つ、まる」

章子より十も年上なのに、照れ隠しが下手な少年のような言い方だった。

二重丸や花丸、そういう丸のことを言っているのかと思ったから「現実に打つ、まる」の意味がよく分からなかった。でも、小玉さんとの隙間が全身からなくなった瞬間、理解した。文章と文章を区切る、あっちのまるのことだ。てんとう虫、じゃないほう。途中で章子が上になった。さっきまでの小玉さんの目線になったら、もっと驚いた。サイドテーブルの指輪を見下ろすとそれが本当に、まるだったから。

指輪って、外すと全然意味がないんだ。ただの、小さな小さな句点。

「どこを見ているの」

小玉さんが動きを急に止めた章子に手を添えながら聞いたので、

「まるを見てる」

と答えた。なぜか悲しそうな声が出て、思わず泣きそうになった。自分が何を悲しいと思っているのか、整理して考えたかったけれど、小玉さんはそうさせなかった。彼は首を横にひねって、目を細めてサイドテーブルのほうを見た。

「まるなんて、どこにもないよ」

そのあとで章子、と名前をちゃんと呼んだ。

「章子、句点はどこにもない」

小玉さんは真顔だった。章子が見えている句点は首都高とか赤いブルドッグとか、裸足とか混乱とかが見せるまぼろしか何かなのだ、と思ってしまいそうになるほどの、上手な嘘だった。

章子がまるのほうを見たままでいると、小玉さんは大きな手で章子の頭に触れ、優しい重さで引き寄せた。視界の隅からまるが消えると章子は、目を閉じた。小玉さんの首からは、さっきまでいた車の中と同じ香りがしていた。

小玉さんはずっと優しい。小玉さんのリズムは、小玉さんらしいずれかたをして、章子はやっぱりそれがとても好きだと思った。

終わらないでほしい。もしくは終わったときに、まるが本当に消えてなくなってしまっていればいい。

でも、奇跡みたいなことは、これが終わったあとには絶対に起こらない。終わったあとに起こるのは、たいてい悲しいこと。小玉さんはそう章子に教えるように、ついさき「ない」と言ったはずのまるを、服を着るより先に、左手薬指に戻した。ただの小さな句点は、あっという間にたくさんの意味のこもったプラチナの輪になった。

何でも許される時間が終わった。たくさんのことを聞く機会を逃してきたと気づいて、いまさら何も聞けなかった。

「年が明けたら、奥さんがやっと東京に引っ越してくるんだ。それで最近、忙しくて」

小玉さんはいつもの声で言った。いまそれを告げることが、彼の優しさで、ずれかたでもあった。

「次に会うときは、温かいものを食べに行こう。もっとちゃんと、お祝いをしよう」

小玉さんは首都高に入る前に戻ったように言った。

章子のほうは、する前よりもっともっとだめになっていた。一緒に落下したんじゃなかったのか、と初めて部屋の中をちゃんと見た。隅々まで、ホテルの名に恥じない悲しい様相だった。ベッドの上のシーツも枕も。そうか、わたしひとりで落ちたのだ。

小玉さんはすっかりいつもの顔に戻って、シャツのボタンを上から順に留めている。

小玉さん、小玉さん、小玉さん。章子は心で唱えてから、力を込めて嘘をついた。

「わたしは初めて、好きではない人と、したかもしれません」

小玉さんはなぜか傷ついたような顔をした。何かを言おうとして止めて、右手で章子の頭を撫でた。

「小玉さんは好きではない人と今、したのですよね」

そう聞きたくなって、我慢した。

章子はひとりの帰り道で小玉さんの連絡先を消去した。嘘をつき過ぎたと思った。

ビートルズ訳詞研究会恒例のクリスマスライブは、大学の近くのライブハウスで開かれた。アンコールの「ヘイ・ジュード」がなかなか終わらないのも例年どおりで、後奏が延々と盛り上がり続ける。千佳子が測ったところ、今年は十二分続いて、去年の記録を一分更新した。

「去年も一昨年もその前も、このライブの後、彼と会ったんだ」

帰り道、歩道橋を登り切ったあたりで千佳子が言った。千佳子の背後には大学名物の背の高いクリスマスツリーの明かりが見えていた。章子はあのツリーを目がけて急いで駆けていった一年前の千佳子の後姿を思い出した。

「ライブの前にメールしてみたの。やっぱり返信は来ないね。分かってたけどさ」

そう言って飛行機のストラップが付いた携帯電話を揺らす。

「しょうがないことでも、ありきたりなことでも、目の当りにしたら悲しいものは悲しいんだって分かった。こんな当たり前のことも当事者にならないと分からないなんて、これから新聞記者としてやっていけるのかな。ねえ、悲しい歌を楽しい歌にするには、どうやったらいいんだろ」

千佳子は下を走る車に負けないように声を張り上げて、笑顔を作ってみせた。

「彼、見る目ないよ。はたから見て、あんなにお似合いな二人はなかなかいなかったのに」

「結婚してるジョージ・ハリスンとはどうよ」

千佳子はもう一度笑ってみせてから、章子に話をふった。

「裸足で首都高を走った」

「どういうこと?」

「とっても怖かった。もう二度としない」

言ったあとで、千佳子を倣って笑おうとしたが、章子は出来なかった。

もともと気づかないふりを続けてきたのだから、忘れるのは容易のはずだったのに、ベッドサイドテーブルの上の小さなまるは章子の頭から離れず、あの夜から続けて小玉さんの夢を見ていた。

最初は、小玉さんの左手の指が全部ちぎれる夢だった。章子が引っ張ると、抵抗もなくちぎれて消えた。夢だから血なんて出ない。断面はすっぱりときれいで、余分なものが取り除かれたみたいに、手のひらだけがあった。小玉さんはその手で頭を撫でてきて、「ここまでされたら、もうどうしようもない」と笑った。もちろん指輪も一緒に跡形もなく消えていた。

きのうの夜は、左肩から下が全部ない小玉さんが章子を抱こうとした。「きみが奪ったんだから」と小玉さんは幽霊のように言った。章子は、地面に落ちていた指輪がついたままの左手薬指だけを持って走って逃げた。いつの間にか都心環状線を、ブルドッグの看板の下を、裸足でひとり駆けていた。高架の上からそれを遠くに投げた。太陽も月も探さなかった。

「ヘイ・ジュード」が染みついたまま、章子は千佳子とカップルだらけのカフェに入ってケーキを食べた。怖い夢の話なんかはもちろんせずに、ライブの感想を思いっきり言い合ったのだけれど、別れ際に千佳子は、

「本当に気をつけなよ。あの人には絶対に」

と真剣な顔で言った。そしてすぐにいつもの調子に戻ると、「わたしも今度、裸足でグライダーを操縦してみようかしら」とつぶやいた。

アパートに戻って熱いシャワーを浴びたあとだった。深夜に電話が鳴った。連絡先のデータは削除していても、下四桁を見れば小玉さんだとすぐに分かった。数コールぶん躊躇したあとで、窓を全開にしてから電話をとった。

小玉さんは「メリークリスマス」とだけ言ってから黙った。

章子がなにも言わないでいると「いま、仕事が終わったんだ」と言った。

どうやら聞くまでもなく、指は無事みたいだ。小玉さんは「元気かなと思って」と付け加えて、再び黙った。寒さは、風が吹くと暗い部屋へ一気に入ってきた。

この沈黙は、首都高の夜の沈黙と似ている。始まる前だけの奇跡を呼んでしまう沈黙

だった。

「小玉さんの左手を奪う夢を見ました」

だから章子は、出来る限り楽しげに言ってみた。奇妙さが増し、失敗したと思ったけれど、小玉さんは笑った。いつもの笑いかただった。連日の夢について手短かに説明すると、「ふーん」とか「へえ」とか、「おもしろいね」と言いながら聞いてくれた。あまりに気楽な声を出すので、

「わたしがこのまま、小玉さんの左手薬指と指輪が消えますようにって願い続けたら、正夢にできるかもしれない」

と、もっと怖いことを言ってみた。

「そんなこと、願う人じゃないでしょう」

小玉さんは間をあけず、笑いを含んだ声で言った。

「そういえば、事故で手や脚だけを失ったとき、そこだけ火葬をするんだよ」

こんなときにも小玉さんは豆知識を披露した。何も言わないでいると、小玉さんはまた沈黙した。

章子は目を閉じて、小玉さんの左手薬指の火葬に立ち会うことを想像した。

わたしがいて、指を失った小玉さんがいて、見たことのない小玉さんの奥さんもいて、

なぜかもう小玉さんの子どももいる。小さな箱に入れられた指が火葬炉の中に吸い込まれていくのを見届けてから、コートを羽織ってみんなで外に出る。誰ひとり言葉を発しないまま、不吉な色をした長い煙突の先を見つめる。煙が浮かび上がって、同じように白い空に溶けていく。小玉さんも、奥さんも、顔のあらゆる筋肉に力を入れてそれを見ていた。まだ何も分かっていない子どもは高い声を上げながら、二人の周りを右に左に動き回り始める。わたしはたぶん、笑っている。焼き終わると、指の骨だけが残って、みんなでそれを拾う。わたしは黒焦げた指輪をこっそり拾って、誰にも気づかれないようにコートのポケットに忍ばせ——。

そこまで思ってやっと気づく。これは、わたしが終わらせなければいけない。もっと完璧なまるが必要なのだった。これで終わりです、この先はありません。あとがきも解説も、もちろんサイドストーリーも、ほかにはなにもありません。あとはぱたんと閉じるだけで、この世界は全部終わりですと、はっきり告げてくれる完璧な句点。思いついた方法はひとつしかなかった。

「小玉さん、今夜、ドライブに連れて行って」

章子は言った。

「いまから」

「そう、いまから。この間と同じところを走って。今度は逆回りで」

「……今夜は道が混んでいると思うし、ちょっと時間かかるけどいい？　家まで迎えに行く。住所は」

電話を切ると章子は、顔を水で洗ってからあの夜と同じ服を選んだ。近くに着いたとメールが入って向かうと、この間とはまた別の、仕立ての良さそうなスーツを着た小玉さんが待っていた。

「さっき天気予報で、また雪が降るって言ってた」

シートベルトを締めているとき、小玉さんは言った。

「そういえば、雪が降る前のにおいがしていました」

「さすが、そういうの分かるんだ」

「閉め切った部屋の中にいても、いま降っているか降っていないか、だいたい分かります」

「リクエスト通り、この間と同じ環状線を逆回りに走るから」

小玉さんは、そう話しながら靴を脱ごうとした。

「今日は脱がないで走ってみてほしいです」

章子が言うと、小玉さんはいぶかしげな顔をした。

「今日はめずらしくわがままだね」

「お願いします。一度やってみて。絶対に大丈夫だから」

「でも、どうして。もしも事故に遭ったらどうする。言っておくけど、あれは嘘じゃないんだ。本当に首都高では裸足じゃないと悪い予感が——」

「お願いします、クリスマスプレゼントだとでも思って」

小玉さんはしぶしぶ了承した。

緊張した顔で、実に慎重に首都高を走っていく。環状線はやはり渋滞していた。緑。トンネル。観覧車。ビル。東京タワー。赤いブルドッグ。あの夜に絡まってしまった糸をほどいていくように、景色がゆっくりと逆再生されていく。章子は前のようにはおかしくならず、頼りない気持ちにもならなかった。小玉さんはずっとそわそわしていた。何度も後方確認をしてから車線を変更した。一周目を終えたばかりだった。

「ごめん、もうだめだ」

小玉さんはわざとらしいくらいに疲弊した声を出し、それから、章子が予想していた通りの台詞を言った。

「また、休憩していっていいかな」

前と同じところへ入った。こんな夜は混んでいるだろうと思っていたのに、二人を待ち構えていたみたいに一室、空いていた。

部屋に入るなり小玉さんはベッドに横になった。章子は、ぐったりとして動かない小玉さんの横に座った。助走が前より少ないから、戸惑いながら近づいた。まるで初めてするみたいだった。小玉さんの手の指を一本一本確かめるように触っていくと、小玉さんはそれをやめさせるように口を章子の目元に寄せて、そのまま鼻先や頰、くちびるまで移動させた。

「無事に降りられて本当によかった」

甘えるような声を小玉さんは出した。章子はここに来た意味をそのまま忘れたくなったけれど、彼がジャケットを脱ごうとするのを両手で遮った。どうして、と小玉さんは甘いままの声で聞いた。

「着たままでいいです、裸足にもならないで。わたしも脱がない」

今日は、わたしが一年間会っていたままの、スーツが似合う小玉さんとしたい。現実を見たい。

「いや、でも」

小玉さんの声には、困ったように吐く息が混じった。

裸足になったらまた魔法がかかってしまうかもしれないから、章子はタイツだけ太ももの途中までずらして、小玉さんと向き合うように膝に乗った。小玉さんは章子のスカートの中で、自分のベルトとファスナーだけ外した。

そのあとで、小玉さんはまた、次の魔法をかけようとした。右手の親指と人差し指で、左手薬指の指輪を引き抜こうとした。それも遮る。摑んだ小玉さんの腕は、ジャケットを脱ごうとしていたときより固かったし、目にも戸惑いが浮かんでいた。

「どうしたの」

「つけたままでして」

「でも、これは……」

「つけたままがいいです」

繰り返したら、小玉さんは諦めた。

ほとんどいつもの姿の章子と、ほとんどいつもの姿の小玉さんは、そのままの姿勢で一緒になった。小玉さんのリズムが始まってしまう前に、聞かなければいけないことがたくさんあった。

小玉さん、小玉さん、小玉さん。心で何度も呼んでから言った。

「奥さんの名前、教えて」

「今日、本当におかしいよ」

小玉さんは眉を寄せ、ほんの少し不快さまでにじませた。

「どうしていま知りたいの」

「その人をちゃんと思い浮かべたい。もう小玉さんとこんなことをしたくないって思うまで」

小玉さんが何も言わなくなった。おかしいことをしているのは分かっている。でもいま思いつく一番のひどい句点の打ちかたは、こうすることだ。

体を離されてしまうかもしれない、と思ったから、肩を押さえて自分から動いた。ぎこちない動きになって、小玉さんみたいなリズムで出来なくて、悲しくなる。焦るほどリズムが狂う。小玉さんは考えることをやめるみたいに、目を閉じた。それから章子の耳元に口を寄せ、ひらがなをひとつずつ読むように、声を出した。その二文字が奥さんの名前だと理解できるまで、少し時間がかかった。気づいた章子が止まってしまうと、今度は小玉さんがゆっくり動き始めた。

終わるまで、ひとつひとつ聞いていった。小玉さんは我慢強く、囁くように答え、時に長く沈黙した。二人とも、声は何度も途切れた。小玉さんが動かなくなると、章子が動いた。

何歳で、どんな人で、どこが好きなの。髪の長さは。いつどこで出会ったの。どういうふうに恋人になったの。なぜ結婚しようと決めたの。嫌いなところはないの。どこが思い出の場所なの。どうして彼女でなくちゃいけなかったの。得意な料理はなに。彼女とはどんなふうに手をつなぐの。どんなプロポーズをしたの。どんなことを考えながら指輪を選んだの。小玉さんはどう思ってわたしと会ってくれていたの。どうしてわたしをショシィさんと呼んで、どうしてわたしとしてくれたの。しているとき、彼女のことを思い出したの。わたしは首都高の夜に、小玉さんとものすごくしたいと思った。小玉さんのことが好きだった。してから気づくなんてばかみたいだけど、みたいというか本当にばかだけれど、わたしは小玉さんのことが好きだった。新幹線の夜から好きだった。笑いかたを知ったときから。気づいていましたか。わたしさえ気づいていなかったのに、小玉さんは、いつから気づいていましたか。

二人の周りを、猛スピードの車が何台も走っているみたいだった。

最後、苦しそうに息を吐いた小玉さんが動きを止めたとき、章子は彼の奥さんのことが見えるようになっていた。彼女はベッドの隅に腰をかけて、繋がっている二人を見ていた。当たり前だけれど、形があって、体温があって、気持ちがあって、小玉さんを大切に思っている女の人。お揃いの指輪をして、小玉さんからもまた、大切に思われている唯一の女の人。そして、お腹が大きい。

部屋の中が静まり返る。小玉さんが章子を持ち上げて離れ、そのままベッドに仰向けになった。章子も同じように、隣に沈んだ。

ひどいセックスだった。これでもう小玉さんとは会えないし、出来ない。そう確信するくらいの、最もひどい句点だった。

薄い闇の中で、小玉さんは天井を見たまま、確認するように聞いてきた。

「好きじゃない人と、したことある？」

小玉さん、小玉さん、小玉さん。いまは本当のことを言っていいときだと分かった。

「わたしは好きじゃない人としたことはありません」

小玉さん、小玉さん、小玉さん。もう一度、祈るように呼ぶ。

「でも、わたしを好きじゃない人としたことはあります」

ベッドが少し揺れて、小玉さんは目を細めて章子を見た。また天井に向き直ると、そのままの姿勢でいままでで一番優しい声を出した。

「僕は、好きだったよ」

さみしくて、笑いそうになった。これが大人の上手な嘘のつき方。

章子はカーテンが閉められた小さな窓のほうを見ながら、何度も何度も繰り返し読んだ、大好きな小説の最後の一文のことを考えた。それから、そのあとに打たれた小さな句点のことを考えた。

明日は自分のために指輪を買いに行こう、と思った。小指につけるものがいい。これからは小玉さんの名前を呼ぶ代わりに、それを見よう。春になるまでに、運転免許も取ろう。助手席には千佳子を乗せて、裸足で走るのだ。環状線を旋回して、この街で高く飛んでみせる。

小玉さん、小玉さん、小玉さん。

「わたしはもう少ししたら、ひとりで帰ります」

窓の外にはたぶん雪が降っていて、きっと月がひとつ出ている。

解説 佐々木愛効果の発動と結果

間室道子

表紙カバーの女の子を見て、すぐに青山裕企《あおやまゆうき》さんの写真だとわかった。内側から光を放ってくるかんじ。少女写真で有名な方で、写真集の何人かの子たちは教室で太ももをむき出しにしたり廊下で友達のスカートの中に頭をつっこんだり、エロティックなことをしている。けどいやらしさがない。ふつうのエロいフォトには「どうです！　この子たち！　いやらしいでしょ！」という撮る側の目線が見えるし、被写体は写真を手にした人間に一方的にさらされる。でも青山作品では見られることについて、女の子たちに主導権がある。誰にも侵されない純度の高いエネルギー。青山さんは少女の姿を通して、彼女たちが世界を見る明るさを撮っているのだと思う。

表紙写真はセーラー服の子がプールに背中から落ちていくところ。角度が絶妙で、時間が逆回転になり彼女がすうっと縁まで戻ってくるようにも見える。この子は落っこちるのかな？　浮上の途中かな？　のすれすれを味わう。

いつも思うことだけど、誰にでもデビューはある。でも「この人の一作目」ではなく「デビュー作」という言葉の鮮烈さを持って世に出る作品は少ない。新人なんだからこのあと腕を上げていったでもいいじゃない、とも思うのだけど、「デビュー作」は称号なのだ。「この一作はどうですか？」以上の意味を持つ。書き手が作家として声をあげたことを世に問う。自分の存在を認めさせる。そんなとくべつな意志や力を持った新人の登場は、私にとって、天から降ってきたとしかいいようがない驚きや喜びがある。

新人作家には、うまい、へたを超えた「ちがう」を期待している。今までにないものが見たいのだ。「そんなの、早くデビューした人が有利じゃないか」と言われそうだけど、たとえば今から四十年前に誰かが「日本のどこにでもある貧困」や「未知のウイルス」を書いてますと言ったら、パラレルワールドかSFですか？　となったと思う。書くべきことはいつの時代にもあり、テーマに向けるまなざしに「あとはもう二番煎じしかない」という限界はない。

佐々木愛さんのデビューとなる本書には「お話の筋が思い浮かんだから書いた」以上の広いところに出ていくかんじがある。自分をためすと同時に世の中をためしているような、新人独特の度胸、プライド、大胆さ、野心、純粋さ。タイトルの「プルースト効果」とは、香りからそれに関連した思い出が浮かぶ現象のこと。フランスの小説家プルーストが、大作『失われた時を求めて』で、主人公がマドレーヌを食べた時に昔の記憶がよみがえるシーンを書いたことから来ている。これにならって、私がシビれたところを「佐々木愛効果」と名付けようと思う。

表題作の主人公は地方の高校三年の女子で、彼女とともに小川さんという男子が登場する。大半の生徒が地元や近県の国公立を受け、東京の私立大学志望はクラスでは彼らだけだ。国公立用の理数系の模試なんかの時、ふたりは図書室で自習をすることになる。

佐々木愛効果の発動はまず「ミミミッピ」の一件。小川さんが自習中にとつぜん言い出したこれは、主人公も中学生のころから思っていたことだった。彼女は「メンポタシア」を教えてあげる。二人は相手のノートにこのおかしな二語を書く。そして、消さない。ここがいい！　はじまりの予感。

そして小川さんはある日とうとつに、自分は勉強を始める前必ず「たけのこの里」を食べる、これをずっと続けていれば、入試当日このお菓子を口にすることで脳内にわ〜っと英単語や中国歴代王朝が浮かんでくるはず、と打ち明ける。彼女の頭に、なぜ「たけのこの里」？　余裕があるように見えてたけど勉強に追い詰められてるの？　をはじめ、彼への疑問および憶測が湧くが、この場面でそれ以上に伝わってくるのは、彼への関心だ。「好き」のはじまりって「知りたい」なんだよな、と読みながら思う。あたしは歌舞伎揚げがいいとか甘栗が好きなのよとか言わずに、彼女は彼に、自分は「きのこの山」で実験をする、と表明する。

さらなる佐々木愛効果は、この後の小川さんの描写だ。彼女にとっての実験初日の放課後、行きつけのスーパーを案内してもらうのだが、まだ明るい夕方の中、彼の「全身の輪郭がだんだんとはっきりしていった」とある。男子には校舎から出ると存在感が薄まるタイプと学外でいきいきし始めるタイプがある。小川さんは後者なのだ。そしてこの時間の女性客を「ご婦人」と呼び、スーパーの中をよそ見もせずチョコレート売り場までだれにもぶつからず移動していく彼の姿は「お客さんというよりもベテラン店員のように見えた」。主人公そして私は、もはや彼に夢中だ。

「はあ?」の人もいるだろう。それのどこがかっこいいの? なぜこんなことで好きになるの? という声が聞こえてきそう。主人公もそれをわかっている。だから、マキ、タマオ、カナという親友がいるけど彼のことを話さない。十代の恋愛には、「町内の中心で愛を叫びたくなる」と「親友にも秘密」があるのだ。

「わたしにだけわかる小川さん」の底にあるのは、彼と自分は「ペア」だという確信だ。

若いって、いきなり根拠のない自信に満ちるもの。女の子の頭に浮かぶのは夢の国のネズミたち。あの二匹に破局はない。さらに「たけのこの里」と「きのこの山」。お菓子売り場で１００％隣同士。

その後小川さんは、プルースト効果を言い出したのと同じ唐突さで彼女にある提案をする。そこからふたりはまた変なことを始めるのである！

東京の地図に印をつけていく。まず彼が「花園神社」、彼女が「上野動物園」。そして、東京タワー、世田谷区役所、六本木の映画館、自由が丘スイーツフォレスト、靖国神社、エジプト大使館前、雷門、彼の志望校、乃木神社、フリーメイソン日本支部……。東京在住の私には見慣れた地名や場所が、ものすごく新鮮に見えてくる。高校生ふたりのわくわくするまなざしが読み手に乗り移るのである！

若々しさって、馬鹿馬鹿しさによく似た意外性と滑稽さ、そして悲しみが付きもの。後半主人公に訪れる、とくべつなものがありきたりに染まっていくときのなすすべのなさがすごくフレッシュ。

全部で四話収録されており、重要なテーマは主人公が一人では見ることのできなかった眺めがほかの誰かによって開かれ、それに魅了されること。相手と自分の網膜がまじわり、退屈で平凡な風景が生気を帯びていく快楽。ほかにも物語ではいろんなものがまじりあう。

二話目の「春は未完」では、写真部の青山さんのもとに日頃文芸部によくいる赤坂さんがやって来て、「きのう青山、赤坂という女の子が出てくる小説を読んだ。東京都心の名を持つ彼女たちは『シティガールズ』と呼ばれている。わたしたちも結成しませんか」と言い出す。大人しい赤坂さんだが青山さんと二人でいるときは饒舌。東京の大学に行けたらルームシェアをしよう、外壁は紫だといいよね、青と赤を混ぜたら紫になるから、というせりふが印象的だ。青山さんはいつしか赤坂さんの夢に呑まれていく。

三話目の「楽譜が読めない」のお話のメインストリームは別なところにあるのだけど、私が佐々木愛効果を感じたのは音楽。主人公の女の子は高校に入学したてで、スマホで見る都心の巨大なスクランブル交差点の空と自分がいる田舎町の空が繋がっていると実感できないでいる。でもある日、「スクランブル交差点のネオンがひとつひとつ灯っていくように、空がどんどん色づいて、少し東京が見える」。ある曲を聴いたから。また、彼女の親友となったフルートを習う少女がいる。この子のあこがれの男子がシークレットライブをやるという情報を得て、女の子ふたりは公園に行く。親友が手にしているのは差し入れの手作り弁当でもラブレターでもなくフルートだ。彼がセッションしようと誘ってくれるかもしれないから。気持ちより先に音がまじりあう関係を想像する、清らかさ。

四話目の「ひどい句点」は女子大学生と年上男の物語で、主人公は彼と体を重ねても心を含みあう関係にはなれない。男がまた体のつながりを求めてこないように、自分がいつか心もと期待しないように、彼女は彼とひどいまじわりをする。口の中で溶けあった「たけのこの里」と「きのこの山」は、紫になった青と赤は、夢見た合奏の音は、不倫の夜は、もとの状態に戻せない。なのに自分はいつのまにかひとり。四つの物語の後半は、翳りを帯びた目で女の子が見る世界の絶望がみずみずしく描かれていく。始末の付け方の主導権は、傷つけた側ではなく痛みを負った者にある。落ちるの？　浮かび上がれるの？　のすれすれで、彼女たちは前を向く。

これまたよく言ってることだけど、私の考えでは、青春小説とは学校が舞台だったり主人公が少年少女だったりだけではない。読み手をそのど真ん中に連れて行ってこそ。「なつかしいなあ」ではなく、私は本書の読書中、青春のただなかにいた。新鮮な一冊に出会えたことに感謝する。

（代官山 蔦屋書店　書店員）

初出誌「オール讀物」
「プルースト効果の実験と結果」　二〇一八年十月号
「春は未完」　二〇一七年五月号
「楽譜が読めない」　二〇一七年三月号
「ひどい句点」　二〇一六年十一月号

単行本　二〇一九年九月　文藝春秋刊

DTP制作　言語社

文春文庫

プルースト効果《こうか》の実験《じつけん》と結果《けつか》

定価はカバーに表示してあります

2022年2月10日　第1刷

著　者　佐《さ》々《さ》木《き》　愛《あい》
発行者　花田朋子
発行所　株式会社　文藝春秋

東京都千代田区紀尾井町3-23　〒102-8008
TEL　03・3265・1211㈹
文藝春秋ホームページ　http://www.bunshun.co.jp

落丁、乱丁本は、お手数ですが小社製作部宛お送り下さい。送料小社負担でお取替致します。

印刷製本・凸版印刷　Printed in Japan
ISBN978-4-16-791828-6